Benito Pérez Galdós

Torquemada
en la hoguera

Barcelona **2024**
Linkgua-ediciones.com

Créditos

Título original: Torquemada en la hoguera

© 2024, Red ediciones S.L.

e-mail: info@linkgua.com

Diseño de cubierta: Michel Mallard.

ISBN tapa dura: 978-84-1126-368-9.
ISBN rústica: 978-84-9007-905-8.
ISBN ebook: 978-84-9007-603-3.

Sumario

Brevísima presentación

La vida

Galdós era el décimo hijo de un coronel del ejército, Sebastián Pérez, y de Dolores Galdós. En 1852 ingresó en el Colegio de San Agustín, que aplicaba una pedagogía muy avanzada para la época.

Obtuvo el título de bachiller en Artes en 1862, en el Instituto de La Laguna, y empezó a publicar poemas satíricos, ensayos y cuentos en la prensa local. También se destacó por su interés por el dibujo y la pintura.

En septiembre de 1862 Galdós se fue a vivir a Madrid y se matriculó en la universidad. Allí conoció al fundador de la Institución Libre de Enseñanza, Francisco Giner de los Ríos, que le alentó a escribir y le hizo conocer el krausismo. Por entonces frecuentó los teatros de Madrid y organizó la «Tertulia Canaria».

En 1865 empezó a escribir en los periódicos *La Nación* y *El Debate*, y en la Revista del Movimiento Intelectual de Europa.

Hacia 1867 hizo su primer viaje al extranjero, como corresponsal en París en la Exposición Universal. Volvió con obras de Balzac y de Dickens y tradujo de éste, a partir de una traducción francesa, *Los papeles póstumos del Club Pickwick*. Un año después abandona sus estudios universitarios.

Galdós publicó en 1870 *La Fontana de Oro*, su primera novela. *La Sombra* fue publicada en noviembre de 1870 por entregas en *La Revista de España*. Y en 1873 comenzó a publicar la que se puede considerar su obra maestra, los *Episodios nacionales*, donde refleja la vida íntima de los españoles del siglo XIX y los acontecimientos de la historia nacional que marcaron el destino de España. La obra tiene cuarenta y seis episodios en cinco series de diez novelas cada una, salvo la última, inconclusa. Empiezan con la batalla de Trafalgar y terminan con la Restauración borbónica en España.

Galdós tuvo una hija natural en 1891 de una madre que se suicidó, Lorenza Cobián. Y se relacionó con la actriz Concha Morell y la novelista Emilia Pardo Bazán.

En 1919 se realizó una escultura suya. Galdós, que había perdido la vista, pidió ser alzado para palpar la obra y lloró emocionado.

Galdós murió en su casa de la calle Hilarión Eslava de Madrid el 4 de enero de 1920. El día de su entierro unas 20.000 personas acompañaron su ataúd hasta el cementerio de la Almudena.

Brevísima presentación

Reproduzco en este tomo, a continuación de la novela Torquemada EN LA HOGUERA, *recientemente escrita, varias composiciones hace tiempo publicadas, y que no me atrevo a clasificar ahora, pues, no pudiendo en rigor de verdad llamarlas novelas, no sé qué nombre darles. Algunas podrían nombrarse cuentos, más que por su brevedad, por el sello de infancia que sus páginas llevan; otras son como ensayos narrativos o descriptivos, con un desarrollo artificioso que oculta la escasez de asunto real; en otras resulta una tendencia crítica, que hoy parece falsa, pero que sin duda respondía, aunque vagamente, a ideas o preocupaciones del tiempo en que fueron escritas, y en todas ellas el estudio de la realidad apenas se manifiesta en contados pasajes, como tentativa realizada con desconfianza y timidez.*

Fue mi propósito durante mucho tiempo no sacar nuevamente a luz estas primicias, anticuadas ya y fastidiosas; pero he tenido que hacerlo al fin cediendo al ruego de cariñosos amigos míos. Al incluirlas en el presente tomo, declaro que no está mi conciencia tranquila, y que me acuso de no haber tenido suficiente energía de carácter para seguir rechazando las sugestiones de indulgencia, en favor de estas obrillas. Temo mucho que el juicio del público concuerde con el que yo tenía formado, y que mis lectores las sentencien a volver a la región del olvido, de donde imprudentemente las saco, y que las manden allá otra vez, por tránsitos de la guardia critica. *Si así resultase, a mí y a mis amigos nos estará la lección bien merecida.*

Lo único que debo hacer, en descargo de mi conciencia, es marcar al pie de cada una de estas composiciones la fecha en que fueron escritas; y no porque yo quiera darlas un valor documental, a falta del literario, sino para atenuar, hasta donde conseguirlo pueda, el desaliño, trivialidad, escasez de observación e inconsistencia de ideas que en ellas han de encontrar aún los que las lean con intención más benévola.

B.P.G.

MADRID, Junio de 1889.

Torquemada en la hoguera

I

Voy a contar cómo fue al quemadero el inhumano que tantas vidas infelices consumió en llamas; que a unos les traspasó los hígados con un hierro candente; a otros les puso en cazuela bien mechados, y a los demás les achicharró por partes; a fuego lento, con rebuscada y metódica saña. Voy a contar como vino el fiero sayón a ser víctima; cómo los odios que provocó se le volvieron lástima, y las nubes de maldiciones arrojaron sobre él lluvia de piedad; caso patético, caso muy ejemplar, señores, digno de contarse para enseñanza de todos, aviso de condenados y escarmiento de inquisidores.

Mis amigos conocen ya, por lo que de él se me antojó referirles, a don Francisco Torquemada, a quien algunos historiadores inéditos de estos tiempos llaman *Torquemada el Peor*. ¡Ay de mis buenos lectores si conocen al implacable fogonero de vidas y haciendas por tratos de otra clase, no tan sin malicia, no tan desinteresados como estas inocentes relaciones entre narrador y lector! Porque si han tenido algo que ver con él en cosa de más cuenta; si le han ido a pedir socorro en las pataletas de la agonía pecuniaria, más les valiera encomendarse a Dios y dejarse morir. Es Torquemada el habilitado de aquel infierno en que fenecen desnudos y fritos los deudores; hombres de más necesidades que posibles; empleados con más hijos que sueldo; otros ávidos de la nómina tras larga cesantía; militares trasladados de residencia, con familión y suegra de añadidura; personajes de flaco espíritu, poseedores de un buen destino, pero, con la carcoma de una mujercita que da tés y empeña el verbo para comprar las pastas; viudas llorosas que cobran del Montepío civil o militar y se ven en mil apuros; sujetos diversos que no aciertan a resolver el problema aritmético en que se funda la existencia social, y otros muy perdidos, muy faltones, muy destornillados de cabeza o rasos de moral, tramposos y embusteros.

Pues todos éstos, el bueno y el malo, el desgraciado y el pillo, cada uno por su arte propio, pero siempre con su sangre y sus huesos, le amasa ron al sucio de Torquemada una fortunita que ya la quisieran muchos que se dan lustre en Madrid, muy estirados de guantes, estrenando ropa en todas las estaciones, y preguntando, como quien no pregunta nada: «Diga usted, ¿a cómo han quedado hoy los fondos?»

El año de la Revolución, compró Torquemada una casa de corredor en la calle de San Blas, con vuelta a la de la Leche; finca muy aprovechada, con veinticuatro habitancioncitas, que daban, descontando insolvencias inevitables, reparaciones, contribución, etc., una renta de 1.300 reales al mes, equivalente a un siete o siete y medio por ciento del capital. Todos los domingos se personaba en ella mi don Francisco para hacer la cobranza, los recibos en una mano, en otra el bastón con puño de asta de ciervo; y los pobres inquilinos que tenían la desgracia de no poder ser puntuales, andaban desde el sábado por la tarde con él estómago descompuesto, porque la adusta cara, el carácter férreo del propietario, no concordaban con la idea que tenemos del día de fiesta, del día del Señor, todo descanso y alegría. El año de la Restauración, ya había duplicado Torquemada la pella con que 13 cogió la *gloriosa*, y el radical cambio político proporcionóle bonitos préstamos y anticipos. Situación nueva, nóminas frescas, pagas saneadas, negocio limpio. Los gobernadores flamantes que tenían que hacerse ropa, los funcionarios diversos que salían de la oscuridad, famélicos, le hicieron un buen Agosto. Toda la época de los conservadores fue regularcita; como que estos le daban juego con las esplendideces propias de la dominación, y los liberales también con sus ansias y necesidades no satisfechas. Al entrar en el gobierno, en 1881, los que tanto tiempo estuvieron sin catarlo, otra vez Torquemada en alza: préstamos de lo fino, adelantos de lo gordo, y vamos viviendo. Total, que ya le estaba echando el ojo a otra casa, no de corredor, sino de buena vecindad, casi nueva, bien acondicionada para inquilinos modestos, y que si no rentaba más que un tres y medio a todo tirar en cambio su administración y cobranza no darían las jaquecas de la cansada finca dominguera.

Todo iba como una seda para aquella feroz hormiga, cuando de súbito le afligió el cielo con tremenda desgracia: se murió su mujer. Perdónenme mis lectores si les doy la noticia sin la preparación conveniente, pues sé que apreciaban a Doña Silvia, como la apreciábamos todos los que tuvimos el honor de tratarla, y conocíamos sus excelentes prendas y circunstancias. Falleció de cólico miserere, y he de decir, en aplauso de Torquemada, que no se omitió gasto de médico y botica para salvarle la vida a la pobre señora. Esta pérdida fue un golpe cruel para Don Francisco, pues habiendo vivido el matrimonio en santa y laboriosa paz durante más de cuatro lustros, los caracteres de ambos cónyuges se habían compenetrado de un modo perfecto, llegando a ser ella otro él, y él como cifra y refundición de ambos. Doña Silvia no solo gobernaba la casa con magistral economía, sino que asesoraba a su pariente en los negocios difíciles, auxiliándole con sus luces y su experiencia para el préstamo. Ella defendiendo el céntimo en casa para que no se fuera a la calle, y él barriendo para adentro a fin de traer todo lo que pasara, formaron un matrimonio sin desperdicio, pareja que podría servir de modelo a cuantas hormigas hay debajo de la tierra y encima de ella.

Estuvo Torquemada el *Peor*, los primeros días de su viudez, sin saber lo que le pasaba, dudando que pudiera sobrevivir a su cara mitad. Púsose más amarillo de lo que comúnmente estaba, y le salieron algunas canas en el pelo y en la perilla. Pero el tiempo cumplió como suele cumplir siempre, endulzando lo amargo, limando con insensible diente las asperezas de la vida, y aunque el recuerdo de su esposa no se extinguió en el alma del usurero, el dolor hubo de calmarse; los días fueron perdiendo lentamente su fúnebre tristeza; despejóse el Sol del alma, iluminando de nuevo las variadas combinaciones numéricas que en ella había; los negocios distrajeron al aburrido negociante, y a los dos años Torquemada parecía consolado; pero, entiéndase bien y repítase en honor suyo, sin malditas ganas de volver a casarse.

Dos hijos le quedaron: Rufinita, cuyo nombre no es nuevo para mis amigos; y Valentinito, que ahora sale por primera vez. Entre la edad de uno y otro hallamos diez años de diferencia, pues a mi Doña Silvia se le malograron más o menos prematuramente todas las crías intermedias, quedándole solo la primera y la última. En la época en que cae lo que voy a referir, Rufinita había cumplido los veintidós, y Valentín andaba al ras de los doce. Y para que se vea la buena estrella de aquel animal de don Francisco, sus dos hijos eran, cada cual por su estilo, verdaderas joyas, o como bendiciones de Dios que llovían sobre él para consolarle en su soledad. Rufina había sacado todas las capacidades domésticas de su madre, y gobernaba el hogar casi tan bien como ella. Claro que no tenía el alto tino de los negocios, ni la consumada trastienda, ni el golpe de vista, ni otras aptitudes entre morales y olfativas de aquella insigne matrona; pero en formalidad, en honesta compostura y buen parecer, ninguna chica de su edad le echaba el pie adelante. No era presumida, ni tampoco descuidada en su persona; no se la podía tachar de desenvuelta, ni tampoco de huraña. Coqueterías, jamás en ella se conocieron. Un solo novio tuvo desde la edad en que apunta el querer hasta los días en que la presento; el cual, después de mucho rondar y suspiretear, mostrando por mil medios la rectitud de sus fines, fue admitido en la casa en los últimos tiempos de Doña Silvia, y siguió después, con asentimiento del papá, en la misma honrada y amorosa costumbre. Era un *chico de Medicina*, chico en toda la extensión de la palabra, pues levantaba del suelo lo menos que puede levantar un hombre; estudiosillo, inocente, bonísimo y manchego por más señas. Desde el cuarto año empezaron aquellas castas relaciones; y en los días de este relato, concluida ya la carrera y lanzado Quevedito (que así se llamaba) a la práctica de la facultad, tocaban ya a casarse. Satisfecho el *Peor* de la elección de la niña, alababa su discreción, su desprecio de las vanas apariencias, para atender solo a lo sólido y práctico.

Pues digo, si de Rufina volvemos los ojos al tierno vástago de Torquemada, encontraremos mejor explicación de la vanidad que le infundía su prole, porque (lo digo sinceramente) no he conocido criatura más mona que aquel Valentín, ni precocidad tan extraordinaria como la suya. ¡Cosa más rara! No obstante el parecido con su antipático papá, era el chiquillo guapísimo, con tal expresión de inteligencia en aquella cara, que se quedaba uno embobado mirándole; con tales encantos en su persona y carácter, y rasgos de conducta tan superiores a su edad, que verle, hablarle y quererle vivamente, era todo uno. ¡Y qué hechicera gravedad la suya, no incompatible con la inquietud propia de la infancia! ¡Que gracia mezclada de no sé qué aplomo inexplicable a sus años! ¡Qué rayo divino en sus ojos algunas veces, y otras qué misteriosa y dulce tristeza! Espigadillo de cuerpo, tenía las piernas delgadas, pero de buena forma; la cabeza más grande de lo regular, con alguna deformidad en el cráneo. En cuanto a su aptitud para el estudio, llamémosla verdadero prodigio, asombro de la escuela, y orgullo y gala de los maestros. De esto hablaré más adelante. Solo he de afirmar ahora que el *Peor* no merecía tal joya, ¡que había de merecerla! y que si fuese hombre capaz de alabar a Dios por los bienes con que le agraciaba, motivos tenía el muy tuno para estarse, como Moisés, tantísimas horas con los brazos levantados al cielo. No los levantaba, porque sabía que del cielo no había de caerle ninguna breva de las que a él le gustaban.

II

Vamos a otra cosa: Torquemada no era de esos usureros que se pasan la vida multiplicando caudales por el gustazo platónico de poseerlos; que viven sórdidamente para no gastarlos, y al morirse, quisieran, o bien llevárselos consigo a la tierra, o esconderlos donde alma viviente no los pueda encontrar. No: don Francisco habría sido así en otra época; pero no pudo eximirse de la influencia de esta segunda mitad del siglo XIX, que casi ha hecho una religión de las materialidades decorosas de la existencia. Aquellos avaros de antiguo caño, que afanaban riquezas y vivían como mendigos y se morían como perros en un camastro lleno de pulgas y de billetes de Banco metidos entre la paja, eran los místicos o metafísicos de la usura; su egoísmo se sutilizaba en la idea pura del negocio; adoraban la santísima, la inefable cantidad, sacrificando a ella su material existencia, las necesidades del cuerpo y de la vida, como el místico lo pospone todo a la absorbente idea de salvarse. Viviendo el *Peor* en una época que arranca de la desamortización, sufrió, sin comprenderlo, la metamorfosis que ha desnaturalizado la usura metafísica, convirtiéndola en positivista, y si bien es cierto, como lo acredita la historia, que desde el 51 al 68, su verdadera época de aprendizaje, andaba muy mal trajeado y con afectación de pobreza, la cara y las manos sin lavar, rascándose a cada instante en brazos y piernas cual si llevase miseria, el sombrero con grasa, la capa deshilachada; si bien consta también en las crónicas de la vecindad que en su casa se comía de vigilia casi todo el año, y que la señora salía a sus negocios con una toquilla agujereada y unas botas viejas de su marido, no es menos cierto que, alrededor del 70, la casa estaba ya en otro pie; que mi Doña Silvia se ponía muy maja en ciertos días; que don Francisco se mudaba de camisa más de una vez por quincena; que en la comida había menos carnero que vaca, y los domingos se añadía al cocido un despojito de gallina; que aquello de judías a todo pasto y algunos días pan seco y salchicha cruda, fue pasando a la historia; que el estofado de contra apareció en determinadas fechas, por las noches, y también pescados, sobre todo en tiempo de blandura, que iban baratos; que se iniciaron en aquella mesa las chuletas de ternera y la cabeza de cerdo, salada en casa por el propio Torquemada, el cual era un famoso salador; que, en suma y para no cansar, la familia toda empezaba a tratarse como Dios manda.

Pues en los últimos años de Doña Silvia, la transformación acentuóse más. Por aquella época cató la familia los colchones de muelles; Torquemada empezó a usar chistera de cincuenta reales; disfrutaba dos capas, una muy buena, con embozos colorados; los hijos iban bien apañaditos; Rufina tenía un lavabo de los de mírame y no me toques, con jofaina y jarro de cristal azul, que no se usaba nunca por no estropearlo; Doña Silvia se engalanó con un abrigo de pieles que parecían de conejo, y dejaba bizca a toda la calle de Tudescos y callejón del Perro cuando salía con la *visita* guarnecida de abalorio; en fin, que pasito a paso y a codazo limpio, se habían, ido metiendo en la clase media, en nuestra bonachona clase media, toda necesidades y pretensiones, y que crece tanto, tanto, ¡ay dolor! que nos estamos quedando sin pueblo.

Pues señor, revienta Doña Silvia, y empuñadas por Rufina las riendas del gobierno de la casa, la metamorfosis se marca mucho más. A reinados nuevos, principios nuevos. Comparando lo pequeño con lo grande y lo privado con lo público, diré que aquello se me parecía a la entrada de los liberales, con su poquito de sentido revolucionario en lo que hacen y dicen. Torquemada representaba la idea conservadora; pero transigía, ¡pues no había de transigir! doblegándose a la lógica de los tiempos. Apechugó con la camisa limpia cada media semana; con el abandono de la capa número dos para de día, relegándola al servicio nocturno; con el destierro absoluto del hongo número tres, que no podía ya con más sebo; aceptó, sin viva protesta, la renovación de manteles entre semana, el vino a pasto, el cordero con guisantes (en su tiempo), los pescados finos en Cuaresma y el pavo en Navidad; toleró la vajilla nueva para ciertos días; el chaquet con trencilla, que en él era un refinamiento de etiqueta, y no tuvo nada que decir de las modestas galas de Rufina y de su hermanito, ni de la alfombra del gabinete, ni de otros muchos progresos que se fueron metiendo en la casa a modo de contrabando.

Y vio muy pronto don Francisco que aquellas novedades eran buenas y que su hija tenía mucho talento, porque ... vamos, parecía cosa del otro jueves ... echábase mi hombre a la calle y se sentía, con la buena ropa, más persona que antes; hasta le salían mejores negocios, más amigos útiles y explotables. Pisaba más fuerte, tosía más recio, hablaba más alto y atrevíase a levantar el gallo en la tertulia del café, notándose con bríos para sustentar una opinión cualquiera, cuando antes, por efecto sin duda del mal pelaje y de su rutinaria afectación de pobreza, siempre era de la opinión de los demás. Poco a poco llegó a advertir en sí los alientos propios de su capacidad social y financiera; se tocaba, y el sonido le advertía que era propietario y rentista. Pero la vanidad no le cegó nunca. Hombre de composición homogénea, compacta y dura, no podía incurrir en la tontería de estirar el pie más del largo de la sábana. En su carácter había algo resistente a las mudanzas de forma impuestas por la época; y así como no varió nunca su manera de hablar, tampoco ciertas ideas y prácticas del oficio se modificaron. Prevaleció el amaneramiento de decir siempre que los tiempos eran muy malos, pero muy malos; el lamentarse de la desproporción entre sus míseras ganancias y su mucho trabajar; subsistió aquella melosidad de dicción y aquella costumbre de preguntar por la familia siempre que saludaba a alguien, y el decir que no andaba bien de salud, haciendo un mohín de hastío de la vida. Tenía ya la perilla amarillenta, el bigote más negro que blanco, ambos adornos de la cara tan recortaditos que antes parecían pegados que nacidos allí. Fuera de la ropa, mejorada en calidad, si no en la manera de llevarla, era el mismo que conocimos en casa de Doña Lupe *la de los pavos*; en su cara la propia confusión extraña de lo militar y lo eclesiástico, el color bilioso, los ojos negros y algo soñadores, el gesto y los modales expresando lo mismo afeminación que hipocresía, la calva más despoblada y más limpia, y todo el craso, resbaladizo y repulsivo, muy pronto siempre, cuando se le saluda, a dar la mano, por cierto bastante sudada.

De la precoz inteligencia de Valentinito estaba tan orgulloso, que no cabía en su pellejo. A medida que el chico avanzaba en sus estudios, Don Francisco sentía crecer el amor paterno, hasta llegar a la ciega pasión. En honor del tacaño, debe decirse que, si se conceptuaba reproducido físicamente en aquel pedazo de su propia naturaleza, sentía la superioridad del hijo, y por esto se congratulaba más de haberle dado el ser. Porque Valentinito era el prodigio de los prodigios, un jirón excelso de la Divinidad caído en la tierra.

Y Torquemada, pensando en el porvenir, en lo que su hijo había de ser, si viviera, no se conceptuaba digno de haberle engendrado, y sentía ante él la ingénita cortedad de lo que es materia frente a lo que es espíritu.

En lo que digo de las inauditas dotes intelectuales de aquella criatura, no se crea que hay la más mínima exageración. Afirmo con toda ingenuidad que el chico era de lo más estupendo que se puede ver, y que se presentó en el campo de la enseñanza como esos extraordinarios ingenios que nacen de tarde en tarde destinados a abrir nuevos caminos a la humanidad. A más de la inteligencia, que en edad temprana despuntaba en él como aurora de un día espléndido, poseía todos los encantos de la infancia: dulzura, gracejo y amabilidad. El chiquillo, en suma, enamoraba y no es de extrañar que don Francisco y su hija estuvieran loquitos con él. Pasados los primeros años, no fue preciso castigarle nunca, ni aun siquiera reprenderle. Aprendió a leer por arte milagroso, en pocos días, como si lo trajera sabido ya del claustro materno. A los cinco años, sabía muchas cosas que otros chicos aprenden difícilmente a los doce. Un día me hablaron de él dos profesores amigos míos que tienen colegio de primera y segunda enseñanza, lleváronme a verle, y me quedé asombrado. Jamás vi precocidad semejante ni un apuntar de inteligencia tan maravilloso. Porque si algunas respuestas las endilgó de taravilla, demostrando el vigor y riqueza de su memoria, en el tono con que decía otras se echaba de ver cómo comprendía y apreciaba el sentido.

La Gramática la sabía de carretilla; pero la Geografía la dominaba como un hombre. Fuera del terreno escolar, pasmaba ver la seguridad de sus respuestas y observaciones, sin asomos de arrogancia pueril. Tímido y discreto, no parecía comprender que hubiese mérito en las habilidades que lucía, y se asombraba de que se las ponderasen y aplaudiesen tanto. Contáronme que en su casa daba muy poco que hacer. Estudiaba las lecciones con tal rapidez y facilidad, que le sobraba tiempo para sus juegos, siempre muy sosos e inocentes. No le hablaran a él de bajar a la calle para enredar con los chiquillos de la vecindad. Sus travesuras eran pacíficas, y consistieron, hasta los cinco años, en llenar de monigotes y letras el papel de las habitaciones o arrancarle algún cacho; en echar desde el balcón a la calle una cuerda muy larga con la tapa de una cafetera, arriándola hasta tocar el sombrero de un transeúnte, y recogiéndola después a toda prisa. A obediente y humilde no le ganaba ningún niño, y por tener todas las perfecciones, hasta maltrataba la ropa lo menos que maltratarse puede.

Pero sus inauditas facultades no se habían mostrado todavía: iniciáronse cuando estudió la Aritmética, y se revelaron más adelante en la segunda enseñanza. Ya desde sus primeros años, al recibir las nociones elementales de la ciencia de la cantidad, sumaba y restaba de memoria decenas altas y aun centenas. Calculaba con tino infalible, y su padre mismo, que era un águila para hacer, en el filo de la imaginación, cuentas por la regla de interés, le consultaba no pocas veces. Comenzar Valentín el estudio de las matemáticas de Instituto y revelar de golpe toda la grandeza de su numen aritmético, fue todo uno. No aprendía las cosas, las sabía ya, y el libro no hacía más que despertarle las ideas, abrírselas, digámoslo así, como si fueran capullos que al calor primaveral se despliegan en flores. Para él no había nada difícil, ni problema que le causara miedo. Un día fue el profesor a su padre y le dijo: «Ese niño es cosa inexplicable, señor Torquemada: o tiene el diablo en el cuerpo, o es el pedazo de Divinidad más hermoso que ha caído en la tierra. Dentro de poco no tendré nada que enseñarle. Es Newton resucitado, señor don Francisco; una organización excepcional para las matemáticas, un genio que sin duda se trae fórmulas nuevas debajo del brazo para ensanchar el campo de la ciencia. Acuérdese usted de lo que digo: cuando este chico sea hombre, asombrará y trastornará el mundo.»

Cómo se quedó Torquemada al oír esto, se comprenderá fácilmente. Abrazó al profesor, y la satisfacción le rebosaba por ojos y boca en forma de lágrimas y babas. Desde aquel día, el hombre no cabía en sí: trataba a su hijo, no ya con amor, sino con cierto respeto supersticioso. Cuidaba de él como de un ser sobrenatural, puesto en sus manos por especial privilegio. Vigilaba sus comidas, asustándose mucho si no mostraba apetito; al verle estudiando, recorría las ventanas para que no entrase aire, se enteraba de la temperatura exterior antes de dejarle salir, para determinar si debía ponerse bufanda, o el *carric* gordo, o las botas de agua; cuando dormía, andaba de puntillas; le llevaba a paseo los domingos, o al teatro; y si el angelito hubiese mostrado afición a juguetes extraños y costosos, Torquemada, vencida su sordidez, se los hubiera comprado. Pero el fenómeno aquél no mostraba afición sino a los libros: leía rápidamente y como por magia, enterándose de cada página en un abrir y cerrar de ojos. Su papá le compró una obra de viajes con mucha estampa de ciudades europeas y de comarcas salvajes. La seriedad del chico pasmaba a todos los amigos de la casa, y no faltó quien dijera de él que parecía un viejo. En cosas de malicia era de una pureza excepcional: no aprendía ningún dicho ni acto feo de los que saben a su edad los retoños desvergonzados de la presente generación. Su inocencia y celestial donosura casi nos permitían conocer a los ángeles como si los hubiéramos tratado, y su reflexión rayaba en lo maravilloso. Otros niños, cuando les preguntan lo que quieren ser, responden que obispos o generales si despuntan por la vanidad; los que pican por la destreza corporal, dicen que cocheros, atletas o payasos de circo; los inclinados a la imitación, actores, pintores ... Valentinito, al oír la pregunta, alzaba los hombros y no respondía nada. Cuando más, decía «no sé», y al decirlo, clavaba en su interlocutor una mirada luminosa y penetrante, vago destello del sin fin de ideas que tenía en aquel cerebrazo, y que en su día habían de iluminar toda la tierra.

Mas el *Peor*, aun reconociendo que no había carrera a la altura de su milagroso niño, pensaba dedicarlo a ingeniero, porque la abogacía es cosa de charlatanes. Ingeniero; pero ¿de qué? ¿civil o militar? Pronto notó que a Valentín no le entusiasmaba la tropa, y que, contra la ley general de las aficiones infantiles, veía con indiferencia los uniformes. Pues ingeniero de caminos. Por dictamen del profesor del colegio, fue puesto Valentín, antes de concluir los años del bachillerato, en manos de un profesor de estudios preparatorios para carreras especiales, el cual, luego que tanteó su colosal inteligencia, quedóse atónito, y un día salió asustado, con las manos en la cabeza, y corriendo en busca de otros maestros de matemáticas superiores, les dijo: «Voy a presentarles a ustedes el monstruo de la edad presente.» Y le presentó, y se maravillaron, pues fue el chico a la pizarra, y como quien garabatea por enredar y gastar tiza, resolvió problemas dificilísimos. Luego hizo de memoria diferentes cálculos y operaciones, que aun para los más peritos no son coser y cantar. Uno de aquellos maestrazos, queriendo apurarle, le echó el cálculo de radicales numéricos, y como si le hubieran echado almendras. Lo mismo era para él la raíz *enésima* que para otros dar un par de brincos. Los tíos aquéllos tan sabios se miraban absortos, declarando no haber visto caso ni remotamente parecido.

Era en verdad interesante aquel cuadro, y digno de figurar en los anales de la ciencia: cuatro varones de más de cincuenta años, calvos y medio ciegos de tanto estudiar, maestros de maestros, congregábanse delante de aquel mocoso que tenía que hacer sus cálculos en la parte baja del encerado, y la admiración les tenía mudos y perplejos, pues ya le podían echar dificultades al angelito, que se las bebía como agua. Otro de los examinadores propuso las *homologías* creyendo que Valentín estaba raso de ellas; y cuando vieron que no, los tales no pudieron contener su entusiasmo: uno le llamó el Anticristo; otro le cogió en brazos y se lo puso a la pela, y todos se disputaban sobre quién se le llevaría, ansiosos de completar la educación del primer matemático del siglo. Valentín les miraba sin orgullo ni cortedad, inocente y dueño de si, como Cristo niño entre los doctores.

III

Basta de matemáticas, digo yo ahora, pues me urge apuntar que Torquemada vivía en la misma casa de la calle de Tudescos donde le conocimos cuando fue a verle la de Bringas para pedirle no recuerdo que favor, allá por el 68; y tengo prisa por presentar a cierto sujeto que conozco hace tiempo, y que hasta ahora nunca menté para nada: un don José Bailón, que iba todas las noches a la casa de nuestro don Francisco a jugar con él la partida de damas o de mus, y cuya intervención en mi cuento es necesaria ya para que se desarrolle con lógica. Este señor Bailón es un clérigo que ahorcó los hábitos el 69, en Málaga echándose a revolucionario y a librecultista con tan furibundo ardor, que ya no pudo volver al rebaño, ni aunque quisiera le habían de admitir. Lo primero que hizo el condenado fue dejarse crecer las barbas, despotricarse en los clubs, escribir tremendas catilinarias contra los de su oficio, y, por fin, operando *verbo et gladio,* se lanzó a las barricadas con un trabuco naranjero que tenía la boca lo mismo que una trompeta. Vencido y dado a los demonios, le catequizaron los protestantes, ajustándole para predicar y dar lecciones en la capilla, lo que él hacía de malísima gana y solo por el arrastrado garbanzo. A Madrid vino cuando aquella gentil pareja, Don Horacio y Doña Malvina, puso su establecimiento evangélico en Chamberí. Por un regular estipendio, Bailón les ayudaba en los oficios, echando unos sermones agridulces, estrafalarios y fastidiosos. Pero al año de estos tratos, yo no sé lo que pasó... ello fue cosa de algún atrevimiento apostólico de Bailón con las neófitas: lo cierto es que Doña Malvina, que era persona muy mirada, le dijo en mal español cuatro frescas; intervino don Horacio, denostando también a su coadjutor, y entonces Bailón, que era hombre de muchísima sal para tales casos, sacó una navaja tamaña como hoy y mañana, y se dejó decir que si no se quitaban de delante les echaba fuera el mondongo. Fue tal el pánico de los pobres ingleses, que echaron a correr pegando gritos y no pararon hasta el tejado. Resumen: que tuvo que abandonar Bailón aquel acomodo, y después de rodar por ahí dando sablazos, fue a parar a la redacción de un periódico muy atrevidillo; como que su misión era echar chinitas de fuego a toda autoridad: a los curas, a los obispos y al mismo Papa. Esto ocurría el 73, y de aquella época datan los opúsculos políticos de actualidad que publicó el clerizonte en el folletín, y de los cuales hizo tiraditas aparte; bobadas escritas en estilo bíblico, y que tuvieron, aunque parezca mentira, sus días de éxito. Como que se vendían bien, y sacaron a su endiablado autor de más de un apuro.

Pero todo aquello pasó, la fiebre revolucionaria, los folletos, y Bailón tuvo que esconderse, afeitándose para disfrazarse y poder huir al extranjero. A los dos años asomó por aquí otra vez, de bigotes larguísimos, aumentados con parte de la barba, como los que gastaba Víctor Manuel; y por si traía o no traía chismes y mensajes de los emigrados, metiéronle mano y le tuvieron en el Saladero tres meses. Al año siguiente, sobreseída la causa, vivía el hombre en Chamberí, y según la cháchara del barrio, muy a lo bíblico, amancebado con una viuda rica que tenía rebaño de cabras y además un establecimiento de burras de leche. Cuento todo esto como me lo contaron, reconociendo que en esta parte de la historia patriarcal de Bailón hay gran oscuridad. Lo público y notorio es que la viuda aquélla cascó, y que Bailón apareció al poco tiempo con dinero. El establecimiento y las burras y cabras le pertenecían. Arrendólo todo; se fue a vivir al centro de Madrid, dedicándose a *inglés,* y no necesito decir más para que se comprenda de donde vinieron su conocimiento y tratos con Torquemada, porque bien se ve que éste fue su maestro, le inició en los misterios del oficio, y le manejó parte de sus capitales como había manejado los de Doña Lupe *la Magnífica,* más conocida por *la de los pavos.*

Era don José Bailón un animalote de gran alzada, atlético, de formas ro-
bustas y muy recalcado de facciones, verdadero y vivo estudio anatómico
por su riqueza muscular. Últimamente había dado otra vez en afeitarse; pero
no tenía cara de cura, ni de fraile, ni de torero. Era más bien un Dante echado
a perder. Dice un amigo mío, que por sus pecados ha tenido que vérselas
con Bailón, que éste es el vivo retrato de la sibila de Cumas, pintada por
Miguel Ángel, con las demás señoras sibilas y los Profetas en el maravilloso
techo de la Capilla Sixtina. Parece, en efecto, una vieja de raza titánica que
lleva en su ceño todas las iras celestiales. El perfil de Bailón, y el brazo y pierna, como troncos añosos; el forzudo tórax, y las posturas que sabía tomar,
alzando una pataza y enarcando el brazo, le asemejaban a esos figurones
que andan por los techos de las catedrales, espatarrados sobre una nube.
Lástima que no fuera moda que anduviéramos en cueros, para que luciese
en toda su gallardía académica este ángel de cornisa. En la época en que lo
presento ahora, pasaba de los cincuenta años.

Torquemada lo estimaba mucho, porque en sus relaciones de negocios,
Bailón hacía gala de gran formalidad y aun de delicadeza. Y como el clérigo renegado tenía una historia tan variadita y dramática, y sabía contarla
con mucho aquél, adornándola con mentiras, don Francisco se embelesaba
oyéndole, y en todas las cuestiones de un orden elevado le tenía por oráculo. Don José era de los que con cuatro ideas y pocas más palabras se
las componen para aparentar que sabe lo que ignoran y deslumbrar a los
ignorantes sin malicia. El más deslumbrado era don Francisco, y además el
único mortal que leía los folletos bailónicos a los diez años de publicarse;
literatura envejecida casi al nacer, y cuyo fugaz éxito no comprendemos sino
recordando que la democracia sentimental, a estilo de Jeremías, tuvo también sus quince.

Escribía Bailón aquellas necedades en parrafitos cortos, y a veces rompía
con una cosa muy santa; verbigracia: «Gloria a Dios en las alturas y paz», etc
... para salir luego por este registro:

«Los tiempos se acercan, tiempos de redención en que el hijo del Hombre
será dueño de la tierra.

»El Verbo depositó hace dieciocho siglos la semilla divina. En noche tenebrosa fructificó. He aquí las flores.

»¿Cómo se llaman? Los derechos del pueblo.»

Y a lo mejor, cuando el lector estaba más descuidado, les soltaba ésta: «He ahí al tirano. ¡Maldito sea!

»Aplicad el oído y decidme de dónde viene ese rumor vago, confuso, extraño.

»Posad la mano en la tierra y decidme, por qué se ha estremecido.

»Es el hijo del Hombre que avanza, decidido a recobrar su primogenitura.

»¿Por qué palidece la faz del tirano? ¡Ah! el tirano ve que sus horas están contadas...»

Otras veces empezaba diciendo aquello de: «Joven soldado, ¿a dónde vas?» Y por fin, después de mucho marear, quedábase el lector sin saber a dónde iba el soldadito, como no fueran todos, autor y público, a Leganés.

Todo esto le parecía de perlas a don Francisco, hombre de escasa lectura. Algunas tardes se iban a pasear juntos los dos tacaños, charla que te charla; y si en negocios era Torquemada la sibila, en otra clase de conocimientos no había más sibila que el señor de Bailón. En política, sobre todo, el ex-clérigo se las echaba de muy entendido, principiando por decir que ya no le daba la gana de conspirar; como que tenía la olla asegurada y no quería exponer su pelleja para hacer el caldo gordo a cuatro silbantes. Luego pintaba a todos los políticos, desde el más alto al más oscuro, como un atajo de pilletes, y les sacaba la cuenta, al céntimo, de cuanto habían rapiñado ... Platicaban mucho también de reformas urbanas, y como Bailón había estado en París y Londres, podía comparar. La higiene pública les preocupaba a entrambos: el clérigo le echaba la culpa de todo a los miasmas, y formulaba unas teorías biológicas que eran lo que había que oír. De astronomía y música también se le alcanzaba algo, no era lego en botánica, ni en veterinaria, ni en el arte de escoger melones. Pero en nada lucía tanto su enciclopédico saber como en cosas de religión. Sus meditaciones y estudios le habían permitido sondear el grande y temerario problema de nuestro destino total. «¿A dónde vamos a parar cuando nos morimos? Pues volvemos a nacer: esto es claro como el agua. Yo me acuerdo —decía mirando fijamente a su amigo y turbándole con el tono solemne que daba a sus palabras—, yo me acuerdo de haber vivido antes de ahora. He tenido en mi mocedad un recuerdo vago de aquella vida, y ahora, a fuerza de meditar, puedo verla clara. Yo fui sacerdote en

Egipto, ¿se entera usted? allá por los años de que sé yo cuántos ... sí, señor, sacerdote en Egipto. Me parece que me estoy viendo con una sotana o vestimenta de color de azafrán, y unas al modo de orejeras que me caían por los lados de la cara. Me quemaron vivo, porque ... verá usted ... había en aquella iglesia, digo, templo, una sacerdotisita que me gustaba ... de lo más barbián, ¿se entera usted?... ¡y con unos ojos ... así, y un golpe de caderas, señor don Francisco...! En fin, que aquello se enredó, y la diosa Isis y el buey Apis lo llevaron muy a mal. Alborotóse todo aquel cleriguicio, y nos quemaron vivos a la chávala y a mí... Lo que le cuento es verdad, como ese es Sol. Fíjese usted bien, amigo; revuelva en su memoria; rebusque bien en el sótano y en los desvanes de su ser, y encontrará la certeza de que también usted ha vivido en tiempos lejanos. Su niño de usted, ese prodigio, debe de haber sido antes el propio Newton, o Galileo, o Euclides. Y por lo que hace a otras cosas, mis ideas son bien claras. Infierno y cielo no existen: papas simbólicas y nada más. Infierno y cielo están aquí. Aquí pagamos tarde o temprano todas las que hemos hecho; aquí recibimos, si no hoy, mañana, nuestro premio, si lo merecemos, y quien dice mañana, dice el siglo que viene ... Dios, ¡oh! la idea de Dios tiene mucho busilis ... y para comprenderla hay que devanarse los sesos, como me los he devanado yo, dale que dale sobre los libros, y meditando luego. Pues Dios ... (poniendo unos ojazos muy reventones y haciendo con ambas manos el gesto expresivo de abarcar un grande espacio) es la Humanidad, la Humanidad, ¿se entera usted? lo cual no quiere decir que deje de ser personal ... ¿Qué cosa es personal? Fíjese bien. Personal es lo que es uno. Y el gran Conjunto, amigo Don Francisco, el gran Conjunto ... es uno, porque no hay más, y tiene los atributos de un ser infinitamente infinito. Nosotros, en montón, componemos la humanidad: somos los átomos que forman el gran todo; somos parte mínima de Dios, parte minúscula, y nos renovamos como en nuestro cuerpo se renuevan los átomos de la cochina materia ... ¿se va usted enterando?...

Torquemada no se iba enterando ni poco ni mucho; pero el otro se metía en un laberinto del cual no salía sino callándose. Lo único que Don Francisco sacaba de toda aquella monserga, era que *Dios es la Humanidad*, y que la Humanidad es la que nos hace pagar nuestras picardías o nos premia por nuestras buenas obras. Lo demás no lo entendía así le ahorcaran. El sentimiento católico de Torquemada no había sido nunca muy vivo. Cierto que en tiempos de Doña Silvia iban los dos a misa, por rutina; pero nada más. Pues después de viudo, las pocas ideas del Catecismo que el *Peor* conservaba en su mente, como papeles o apuntes inútiles, las barajó con todo aquel fárrago de la Humanidad-Dios, haciendo un lío de mil demonios.

A decir verdad, ninguna de estas teologías ocupaba largo tiempo el magín del tacaño, siempre atento a la baja realidad de sus negocios. Pero llegó un día, mejor dicho, una noche en que tales ideas hubieron de posesionarse de su mente con cierta tenacidad, por lo que ahorita mismo voy a referir. Entraba mi hombre en su casa al caer de una tarde del mes de Febrero, evacuadas mil diligencias con diverso éxito, discurriendo los pasos que daría al día siguiente, cuando su hija, que le abrió la puerta, le dijo estas palabras: «No te asustes, papá, no es nada ... Valentín ha venido malo de la escuela.»

Las desazones del *monstruo* ponían a don Francisco en gran sobresalto. La que se le anunciaba podía ser insignificante, como otras. No obstante, en la voz de Rufina había cierto temblor, una veladura, un timbre extraño, que dejaron a Torquemada frío y suspenso.

«Yo creo que no es cosa mayor —prosiguió la señorita—. Parece que le dio un vahído. El maestro fue quien lo trajo ... en brazos.»

El *Peor* seguía clavado en el recibimiento, sin acertar a decir nada ni a dar un paso.

«Le acosté enseguida, y mandé un recado a Quevedo para que viniera a escape.»

Don Francisco, saliendo de su estupor como si le hubiesen dado un latigazo, corrió al cuarto del chico, a quien vio en el lecho, con tanto abrigo encima que parecía sofocado. Tenía la cara encendida, los ojos dormilones. Su quietud más era de modorra dolorosa que de sueño tranquilo. El padre aplicó su mano a las sienes del inocente monstruo, que abrasaban.

—Pero ese trasto de Quevedillo... Así reventara... No sé en qué piensa... Mira, mejor será llamar otro médico que sepa más.

Su hija procuraba tranquilizarle; pero él se resistía al consuelo. Aquel hijo no era un hijo cualquiera, y no podía enfermar sin que se alterara el orden del universo. No probó el afligido padre la comida; no hacía más que dar vueltas por la casa, esperando al maldito médico, y sin cesar iba de su cuarto al del niño, y de aquí al comedor, donde se le presentaba ante los ojos, oprimién-dole el corazón, el encerado en que Valentín trazaba con tiza sus problemas matemáticos. Aún subsistía lo pintado por la mañana: garabatos que Torque-mada no entendió, pero que casi le hicieron llorar como una música triste: el signo de raíz, letras por arriba y por abajo, y en otra parte una red de líneas, formando como estrella de muchos picos con numeritos en las puntas.

Por fin, alabado sea Dios, llegó el dichoso Quevedito, y don Francisco le echó la correspondiente chillería, pues ya le trataba como a yerno. Visto y examinado el niño, no puso el médico muy buena cara. A Torquemada se le podía ahogar con un cabello, cuando el doctorcillo, arrimándole contra la pared y poniéndole ambas manos en los hombros, le dijo: «No me gusta nada esto; pero hay que esperar a mañana, a ver si brota alguna erupción. La fiebre es bastante alta. Ya le he dicho a usted que tuviera mucho cuida-do con este fenómeno del chico. ¡Tanto estudiar, tanto saber, un desarrollo cerebral disparatado! Lo que hay que hacer con Valentín es ponerle un cen-cerro al pescuezo, soltarle en el campo en medio de un ganado, y no traerle a Madrid hasta que esté bien bruto.»

Torquemada odiaba el campo y no podía comprender que en él hubiese nada bueno. Pero hizo propósito, si el niño se curaba, de llevarle a una de-hesa a que bebiera leche a pasto y respirase aires puros. Los aires puros, bien lo decía Bailón, eran cosa muy buena. ¡Ah! los malditos miasmas tenían la culpa de lo que estaba pasando. Tanta rabia sintió don Francisco, que si coge un miasma en aquel momento lo parte por el eje. Fue la sibila aquella noche a pasar un rato con su amigo, y mira por donde se repitió la matraca de la Humanidad, pareciéndole a Torquemada el clérigo más enigmático y *latero* que nunca, sus brazos más largos, su cara más dura y temerosa. Al quedarse solo, el usurero no se acostó. Puesto que Rufina y Quevedo se quedaban a velar, él también velaría. Contigua a la alcoba del padre estaba la de los hijos, y en ésta el lecho de Valentín, que pasó la noche inquietísimo, sofocado, echando lumbre de su piel, los ojos atónitos y chispeantes, el habla insegura, las ideas desenhebradas, como cuentas de un rosario cuyo hilo se rompe.

IV

El día siguiente fue todo sobresalto y amargura. Quevedo opinó que la enfermedad era *inflamación de las meninges*, y que el chico estaba en peligro de muerte. Esto no se lo dijo al padre, sino a Bailón para que le fuese preparando. Torquemada y él se encerraron, y de la conferencia resultó que por poco se pegan, pues don Francisco, trastornado por el dolor, llamó a su amigo embustero y farsante. El desasosiego, la inquietud nerviosa, el desvarío del tacaño sin ventura, no se pueden describir. Tuvo que salir a varias diligencias de su penoso oficio, y a cada instante tornaba a casa, jadeante, con medio palmo de lengua fuera, el hongo echado hacia atrás. Entraba, daba un vistazo, vuelta a salir. Él mismo traía las medicinas, y en la botica contaba toda la historia ... «un vahído estando en clase; después calentura horrible ... ¿para qué sirven los médicos?» Por consejo del mismo Quevedito, mandó venir a uno de los más eminentes, el cual calificó el caso de *meningitis aguda*.

La noche del segundo día, Torquemada, rendido de cansancio, se embutió en uno de los sillones de la sala, y allí se estuvo como media liorita, dando vueltas a una picara idea, ¡ayí dura y con muchas esquinas, que se le había metido en el cerebro. «He faltado a la Humanidad, y esa muy tal y cual me las cobra ahora con los créditos atrasados... No: pues si Dios, o quien quiera que sea, me lleva mi hijo, ¡me voy a volver más malo, más perro...! Ya verán entonces lo que es canela fina. Pues no faltaba otra cosa... Conmigo no juegan... Pero no, ¡qué disparates digo! No me le quitará, porque yo... Eso que dicen de que no he hecho bien a nadie, es mentira. Que me lo prueben ... porque no basta decirlo. ¿Y los tantísimos a quien he sacado de apuros?... ¿pues y eso? Porque si a la Humanidad le han ido con cuentos de mí; que si aprieto, que si no aprieto ... yo probaré... Ea, que ya me voy cargando: si no he hecho ningún bien, ahora lo haré, ahora, pues por algo se ha dicho que nunca para el bien es tarde. Vamos a ver: ¿y si yo me pusiera ahora a rezar, qué dirían allá arriba? Bailón me parece a mí que está equivocado, y la Humanidad no debe de ser Dios, sino la Virgen... Claro, es hembra, señora... No, no, no ... no nos fijemos en el materialismo de la palabra. La Humanidad es Dios, la Virgen y todos los santos juntos... Tente, hombre, tente, que te vuelves loco... Tan solo saco en limpio que no habiendo buenas obras, todo es, como si dijéramos, basura ... ¡Ay Dios, qué pena, qué pena...! Si me pones bueno a mi hijo, yo no sé qué cosas haría; ¡pero qué cosas tan magnífi-cas y tan...! ¿Pero quién es el sinvergüenza que dice que no tengo apuntada ninguna buena obra? Es que me quieren perder, me quieren quitar a mi hijo, al que ha nacido para enseñar a todos los sabios y dejarles tamañitos. Y me tienen envidia porque soy su padre, porque de estos huesos y de esta sangre salió aquella, gloria del mundo... Envidia; pero ¡qué envidiosa es esta puerca Humanidad! Digo, la Humanidad no, porque es Dios ... los hombres, los prójimos, nosotros, que somos todos muy pillos, y por eso nos pasa lo que nos pasa... Bien merecido nos está... bien merecido nos está.»

Acordóse entonces de que al día siguiente era domingo y no había exten-dido los recibos para cobrar los alquileres de su casa. Después de dedicar a esta operación una media hora, descansó algunos ratos, estirándose en el sofá de la sala. Por la mañana, entre nueve y diez, fue a la cobranza domin-guera. Con el no comer y el mal dormir y la acerbísima pena que le destro-zaba el alma, estaba el hombre *mismamente* del color de una aceituna. Su andar era vacilante, y sus miradas vagaban inciertas, perdidas, tan pronto barriendo el suelo como disparándose a las alturas. Cuando el remendón, que en el sucio portal tenía su taller, vio entrar al casero y reparó en su cara descompuesta y en aquel andar de beodo, asustóse tanto que se le cayó el martillo con que clavaba las tachuelas. La presencia de Torquemada en el patio, que todos los domingos era una desagradabilísima aparición, produjo aquel día verdadero pánico; y mientras algunas mujeres corrieron a refugiarse en sus respectivos aposentos, otras, que debían de ser malas pagadoras, y que observaron la cara que traía la fiera, se fueron a la calle. La cobranza empezó por los cuartos bajos, y pagaron sin chistar el albañil y las dos pitilleras, deseando que se les quitase de delante la aborrecida estampa de Don Francisco. Algo desusado y anormal notaron en él, pues tomaba el dinero maquinalmente y sin examinarlo con roñosa nimiedad, como otras veces, cual si tuviera el pensamiento a cien leguas del acto importantísimo que estaba realizando; no se le oían aquellos refunfuños de perro mordelón, ni inspeccionó las habitaciones buscando el baldosín roto o el pedazo de revoco caído, para echar los tiempos a la inquilina.

Al llegar al cuarto de la Rumalda, planchadora, viuda, con su madre en-ferma en un camastro y tres niños menores que andaban en el patio enseñando las carnes por los agujeros de la ropa, Torquemada soltó el gruñido de ordenanza, y la pobre mujer, con afligida y trémula voz, cual si tuviera que confesar ante el juez un negro delito, soltó la frase de reglamento: «Don Francisco, por hoy no se puede. Otro día cumpliré.» No puedo dar idea del estupor de aquella mujer y de las dos vecinas, que presentes estaban, cuando vieron que el tacaño no escupió por aquella boca ninguna maldición ni herejía, cuando le oyeron decir con la voz más empañada y llorosa del mundo: «No, hija, si no te digo nada ... si no te apuro ... si no se me ha pasado por la cabeza reñirte... ¡Qué le hemos de hacer, si no puedes ...!»

—Don Francisco, es que... —murmuró la otra, creyendo que la fiera se expresaba con sarcasmo, y que tras el sarcasmo vendría la mordida.

—No, hija, si no he chistado ... ¿Cómo se han de decir las cosas? Es que a ustedes no hay quien las apee de que yo soy un hombre, como quien dice, tirano ... ¿De dónde sacáis que no hay en mí compasión, ni ... ni caridad? En vez de agradecerme lo que hago por vosotras, me calumniáis ... No, no: entendámonos. Tú, Rumalda, estate tranquila: sé que tienes necesidades, que los tiempos están malos ... Cuando los tiempos están malos, hijas, ¿qué hemos de hacer sino ayudarnos los unos a los otros?

Siguió adelante, y en el principal dio con una inquilina muy mal pagadora, pero de muchísimo corazón para afrontar a la fiera, y así que le vio llegar, juzgando por el cariz que venía más enfurruñado que nunca, salió al encuentro de su aspereza con estas arrogantes expresiones:

«Oiga usté, a mi no me venga con apreturas. Ya sabe que no lo hay. *Ese* está sin trabajo. ¿Quiere que salga a un camino? ¿No ve la casa sin muebles, como un hospital prestao? ¿De dónde quiere que lo saque?... Maldita sea su alma ...

—¿Y quién te dice a ti, grandísima tal, deslenguada y bocona, que yo vengo a sofocarte? A ver si hay alguna tarasca de éstas que sostenga que yo no tengo humanidad. Atrévase a decírmelo...»

Enarboló el garrote, símbolo de su autoridad y de su mal genio, y en el corrillo que se había formado solo se veían bocas abiertas y miradas de estupefacción.

«Pues a ti y a todas les digo que no me importa un rábano que no me paguéis hoy. ¡Vaya! ¿Cómo lo he de decir para que lo entiendan?... ¡Con que estando tu marido sin trabajar te iba yo a poner el dogal al cuello?... Yo sé que me pagarás cuando puedas, verdad? Porque lo que es intención de pagar, tú la tienes. Pues entonces, ¿a qué tanto enfurruñarse?... ¡Tontas, malas cabezas! (esforzándose en producir una sonrisa); ¡vosotras creyéndome a mí más duro que las peñas, y yo dejándooslo creer, porque me convenía, porque me convenía, claro, pues Dios manda que no echemos facha con nuestra humanidad...! Vaya, que sois todas unos grandísimos peines... Abur, tú, no te sofoques. Y no creas que hago esto para que me eches bendiciones. Pero conste que no te ahogo; y para que veas lo bueno que soy...»

Se detuvo y meditó un momento, llevándose la mano al bolsillo y mirando al suelo.

«Nada, nada... Quédate con Dios.»

Y a otra. Cobró en las tres puertas siguientes sin ninguna dificultad. «Don Francisco, que me ponga usted piedra nueva en la hornilla, que aquí no se puede guisar...» En otras circunstancias, esta reclamación habría sido el principio de una chillería tremenda, verbigracia: «Pon el traspontín en la hornilla, sinvergüenza, y arma el fuego encima.»

—«Miren el tío manguitillas, así se le vuelvan veneno los cuartos.» Pero aquel día todo era paz y concordia, y Torquemada concedía cuanto le demandaban.

«¡Ay, don Francisco! —le dijo otra en el número 11—, tenga los jeringados cincuenta reales. Para poderlos juntar, no hemos comido más que dos cuartos de gallineja y otros dos de hígado con pan seco... Pero por no verle el carácter de esa cara y no oírle, me mantendría yo con puntas de París.

—Pues mira, eso es un insulto, una injusticia, porque si las he sofocado otras veces no ha sido por el materialismo del dinero, sino porque me gusta ver cumplir a la gente ... para que no se diga... Debe haber dignidad en todos. ¡A fe que tienes buena idea de mí!... ¿Iba yo a consentir que tus hijos, estos borregos de Dios, tuviesen hambre?... Deja, déjate el dinero... O mejor, para que no lo tomes a desaire: partámoslo y quédate con veinticinco reales... Ya me los darás otro día... ¡Bribonazas, cuando debíais confesar que soy para vosotras como un padre, me tacháis de inhumano y de qué sé yo qué! No, yo les aseguro a todas que respeto a la humanidad, que la considero, que la estimo, que ahora y siempre haré todo el bien que pueda y un poquito más... ¡Hala!»

Asombro, confusión. Tras de él iba el parlero grupo, chismorreando así: «A este condenado le ha pasado algún desavío... Don Francisco no está bueno de la cafetera. Mirad qué cara de patíbulo se ha traído. ¡Don Francisco con humanidad! Ahí tenéis por qué esta saliendo todas las noches en el cielo esa estrella con rabo. Es que el mundo se va a acabar.»

En el número 16:

«Pero hija de mi alma, so tunanta, ¿tenías a tu niña mala y no me habías dicho nada? ¿Pues para qué estoy yo en el mundo? Francamente, eso es un agravio que no te perdono, no te lo perdono. Eres una indecente; y en prueba de que no tienes ni pizca de sentido, ¿apostamos a que no adivinas lo que voy a hacer? ¿Cuánto va a que no lo adivinas?... Pues voy a darte para que pongas un puchero... ¡ea! Toma, y di ahora que yo no tengo humanidad. Pero sois tan mal agradecidas, que me pondréis como chupa de dómine, y hasta puede que me echéis alguna maldición. Abur.»

En el cuarto de la señá Casiana, una vecina se aventuró a decirle: «Don Francisco, a nosotras no nos la da usted... A usted le pasa algo. ¿Que demonios tiene en esa cabeza o en ese corazón de cal y canto?»

Dejóse el afligido casero caer en una silla, y quitándose el hongo se pasó la mano por la amarilla frente y la calva sebosa, diciendo tan solo entre suspiros: «¡No es de cal y canto, puñales, no es de cal y canto!»

Como observasen que sus ojos se humedecían, y que, mirando al suelo, y apoyado con ambas manos en el bastón, cargaba sobre éste todo el peso del cuerpo, meciéndose, le instaron para que se desahogara; pero él no debió creerlas dignas de ser confidentes de su inmensa, desgarradora pena. Tomando el dinero, dijo con voz cavernosa: «Si no lo tuvieras, Casiana, lo mismo sería. Repito que yo no ahogo al pobre ... como que yo también soy pobre... Quien dijese (levantándose con zozobra y enfado) que soy inhumano, miente más que la *Gaceta*. Yo soy humano; yo compadezco a los desgraciados; yo les ayudo en lo que puedo, porque así nos lo manda la Humanidad; y bien sabéis todas que como faltéis a la Humanidad, lo pagaréis tarde o temprano, y que si sois buenas tendréis vuestra recompensa. Yo os juro por esa imagen de la Virgen de las Angustias con el Hijo muerto en los brazos (señalando una lámina), yo os juro que si no os he parecido caritativo y bueno, no quiere esto decir que no lo sea, ¡puñales! y que si son menester pruebas, pruebas se darán. Dale, que no lo creen ... pues váyanse todas con doscientos mil pares de demonios, que a mí, con ser bueno me basta... No necesito que nadie me dé bombo. Piojosas, para nada quiero vuestras gratitudes... Me paso por las narices vuestras bendiciones.»

Dicho esto salió de estampía. Todas le miraban por la escalera abajo, y por el patio adelante, y por el portal afuera, haciendo unos gestos tales que parecía el mismo demonio persignándose.

V

Corrió hacia su casa, y contra su costumbre (pues era hombre que comúnmente prefería despernarse a gastar una peseta), tomó un coche para llegar más pronto. El corazón dio en decirle que encontraría buenas noticias, el enfermo aliviado, la cara de Rufina sonriente al abrir la puerta; y en su impaciencia loca, parecíale que el carruaje no se movía, que el caballo cojeaba y que el cochero no sacudía bastantes palos al pobre animal... «Arrea, hombre. ¡Maldito jaco! Leña en él —le gritaba—. Mira que tengo mucha prisa.»

Llegó por fin; y al subir jadeante la escalera de su casa, razonaba sus esperanzas de esta manera: «No salgan ahora diciendo que es por mis maldades, pues de todo hay ...» ¡Qué desengaño al ver la cara de Rufina tan triste, y al oír aquel *lo mismo, papá*, que sonó en sus oídos como fúnebre campanada! Acercóse de puntillas al enfermo y le examinó. Como el pobre niño se hallara en aquel momento amodorrado, pudo Don Francisco observarle con relativa calma, pues cuando deliraba y quería echarse del lecho, revolviendo en torno los espantados ojos, el padre no tenía valor para presenciar tan doloroso espectáculo y huía de la alcoba trémulo y despavorido. Era hombre que carecía de valor para afrontar penas de tal magnitud, sin duda por causa de su deficiencia moral; se sentía medroso, consternado, y como responsable de tanta desventura y dolor tan grande. Seguro de la esmeradísima asistencia de Rufina, ninguna falta hacía el afligido padre junto al lecho de Valentín: al contrario, más bien era estorbo, pues si le asistiera, de fijo, en su turbación, equivocaría las medicinas, dándole a beber algo que acelerara su muerte. Lo que hacía era vigilar sin descanso, acercarse a menudo a la puerta de la alcoba, y ver lo que ocurría, oír la voz del niño delirando o quejándose; pero si los ayes eran muy lastimeros y el delirar muy fuerte, lo que sentía Torquemada era un deseo instintivo de echar a correr y ocultarse con su dolor en el último rincón del mundo. Aquella tarde le acompañaron un rato Bailón, el carnicero de abajo, el sastre del principal y el fotógrafo de arriba, esforzándose todos en consolarle con las frases de reglamento; mas no acertando Torquemada a sostener la conversación sobre tema tan triste les daba las gracias con desatenta sequedad. Todo se le volvía suspirar con bramidos, pasearse a trancos, beber buches de agua y dar algún puñetazo ea la pared. ¡Tremendo caso aquel! ¡Cuántas esperanzas desvanecidas!... ¡Aquella flor del mundo segada y marchita! Esto era para volverse loco. Mas natural sería el desquiciamiento universal, que la muerte del portentoso niño que había venido a la tierra para iluminarla con el fanal de su talento ... ¡Bonitas cosas hacia Dios, la Humanidad, o quien quiera que fuese el muy tal y cual que inventó el mundo y nos puso en él! Porque si habían de llevarse a Valentín, ¿para qué le trajeron acá, dándole a él, al buen Torquemada, el privilegio de engendrar tamaño prodigio? ¡Bonito negocio hacía la Providencia, la Humanidad, o el arrastrado Conjunto, como decía Bailón! ¡Llevarse al niño aquél, lumbrera de la ciencia, y dejar acá todos los tontos! ¿Tenía esto sentido común? ¿No había motivo para rebelarse contra los de arriba, ponerle como ropa de pascua y mandarles a paseo?... Si Valentín se moría, ¿qué quedaba en el mundo oscuridad, ignorancia. Y para el padre, ¡que golpe! ¡Porque figurémonos todos lo que sería don Francisco cuando su hijo, ya hombre, empezase a figurar, a confundir a todos los sabios, a volver patas arriba la ciencia toda!... Torquemada sería en tal caso la segunda persona de la Humanidad: y solo por la gloria de haber engendrado al gran matemático, sería cosa de plantarle en un trono. ¡Vaya un ingeniero que sería Valentín si viviese! Como que había de hacer unos ferrocarriles que irían de aquí a Pekín en cinco minutos, y globos para navegar por los aires, y barcos para andar por debajito del agua, y otras cosas nunca vistas ni siquiera soñadas. ¡Y el planeta se iba a perder estas gangas por una estúpida sentencia de los que dan y quitan la vida!... Nada, nada, envidia pura, envidia. Allá arriba, en las invisibles cavidades de los altos cielos, alguien se había propuesto *fastidiar* a

Torquemada. Pero ... pero... ¿y si no fuese envidia, sino castigo? ¿Si se había dispuesto así para anonadar al tacaño cruel, al casero tiránico, al prestamista sin entrañas? ¡Ah! cuando esta idea entraba en turno, Torquemada sentía impulsos de correr hacia la pared más próxima y estrellarse contra ella. Pronto se reaccionaba y volvía sobre sí. No, no podía ser castigo, porque él no era malo, y si lo fue, ya se enmendaría. Era envidiable, tirria y malquerencia que le tenían, por ser autor de tan soberana eminencia. Querían truncarle su porvenir y arrebatarle aquella alegría y fortuna inmensa de sus últimos años... Porque su hijo, si viviese, había de ganar muchísimo dinero, pero muchísimo, y de aquí la celestial intriga. Pero él (lo pensaba lealmente) renunciaría a las ganancias, pecuniarias del hijo, con tal que le dejaran la gloria, ¡la gloria! pues para negocios, le bastaba con los suyos propios... El último paroxismo de su exaltada mente fue renunciar a todo el *materialismo* de la ciencia del niño, con tal que le dejasen la gloria.

Cuando se quedó solo con él, Bailón le dijo que era preciso tuviese filosofía; y como Torquemada no entendiese bien el significado y aplicación de tal palabra, explanó la sibila su idea en esta forma: «Conviene resignarse, considerando nuestra pequeñez ante estas grandes evoluciones de la materia ... pues, o substancia vital. Somos átomos, amigo don Francisco, nada más que unos tontos de átomos. Respetemos las disposiciones del grandísimo Todo a que pertenecemos, y vengan penas. Para eso está la filosofía, o si se quiere, la religión: para hacer pecho a la adversidad. Pues si no fuera así, no podríamos vivir.» Todo, lo aceptaba Torquemada menos resignarse. No tenía en su alma la fuente de donde tal consuelo pudiera salir, y ni siquiera lo comprendía. Como el otro, después de haber comido bien, insistiera en aquellas ideas, a don Francisco se le pasaron ganas de darle un par de trompadas, destruyendo en un punto el perfil más enérgico que dibujara Miguel Ángel. Pero no hizo más que mirarle con ojos terroríficos, y el otro se asustó y puso punto en sus teologías.

A prima noche, Quevedito y el otro médico hablaron a Torquemada en términos desconsoladores. Tenían poca o ninguna esperanza, aunque no se atrevían a decir en absoluto que la habían perdido, y dejaban abierta la puerta a las reparaciones de la naturaleza y a la misericordia de Dios. Noche horrible fue aquélla. El pobre Valentín se abrasaba en invisible fuego. Su cara encendida y seca, sus ojos iluminados por esplendor siniestro, su inquietud ansiosa, sus bruscos saltos en el lecho, cual si quisiera huir de algo que le asustaba, eran espectáculo tristísimo que oprimía el corazón. Cuando don Francisco, transido de dolor, se acercaba a la abertura de las entornadas batientes de la puerta y echaba hacia adentro una mirada tímida, creía escuchar, con la respiración premiosa del niño, algo como el chirrido de su carne tostándose en el fuego de la calentura. Puso atención a las expresiones incoherentes del delirio, y le oyó decir: «*Equis elevado al cuadrado, menos uno, partido por dos, más cinco equis menos dos, partido por cuatro, igual equis por equis más dos, partido por doce... Papa, papá, la característica del logaritmo de un entero tiene tantas unidades menos una como...*» Ningún tormento de la Inquisición iguala al que sufría Torquemada oyendo estas cosas. Eran las pavesas del asombroso entendimiento de su hijo, revolando sobre las llamas en que éste se consumía. Huyó de allí por no oír la dulce vocecita, y estuvo más de media hora echado en el sofá de la sala, agarrándose con ambas manos la cabeza como si se le quisiese escapar. De improviso se levantó, sacudido por una idea; fue al escritorio donde tenía el dinero; sacó un cartucho de monedas que debían de ser calderilla, y vaciándoselo en el bolsillo del pantalón, púsose capa y sombrero, cogió el llavín, y a la calle.

Salió como si fuera en persecución de un deudor. Después de mucho andar, parábase en una esquina, miraba con azoramiento a una parte y otra, y vuelta a correr calle adelante, con paso inglés tras de su víctima. Al compás de la marcha, sonaba en la pierna derecha el retintín de las monedas... Grandes eran su impaciencia y desazón por no encontrar aquella noche lo que otras le salía tan a menudo al paso, molestándole y aburriéndole. Por fin ... gracias a Dios ... acercósele un pobre. «Toma hombre, toma: ¿dónde diablos os metéis esta noche? Cuando no hacéis falta, salís como moscas, y cuando se os busca, para socorreros, nada ...» Apareció luego uno de esos mendigos decentes que piden, sombrero en mano, con lacrimosa cortesía. «Señor, un pobre cesante—. Tenga, tenga más. Aquí estamos los hombres caritativos para acudir a las miserias... Dígame: ¿no me pidió usted noches pasadas? Pues sepa que no le di porque iba muy deprisa. Y la otra noche y la otra, tampoco le di porque no llevaba suelto: lo que es voluntad la tuve, bien, que la tuve.» Claro es que el cesante pordiosero se quedaba viendo visiones, y no sabía cómo expresar su gratitud. Más allá, salió de un callejón la fantasma. Era una mujer que pide en la parte baja de la calle de la Salud, vestida de negro, con un velo espesísimo que le tapa la cara. «Tome, tome, señora... Y que me digan ahora que yo jamás he dado una limosna. ¿Le parece a usted qué calumnia? Vaya, que ya habrá usted reunido bastantes cuartos esta noche. Como que hay quien dice que pidiendo así, y con ese velo por la cara, ha reunido usted un capitalito. Retírese ya, que hace mucho frío ... y ruegue a Dios por mí.» En la calle del Carmen, en la de Preciados y Puerta del Sol, a todos los chiquillos que salían dio su perro por barba. «¡Eh! niño, ¿tú pides o que haces ahí, como un bobo?» Esto se lo dijo a un chicuelo que estaba arrimado a la pared, con las manos a la espalda, descalzos los pies, el pescuezo envuelto en una bufanda. El muchacho alargó la mano aterida. «Toma ... Pues qué, ¿no te decía el corazón que yo había de venir a socorrerte? ¿Tienes frío y hambre? Toma más, y lárgate a tu casa, si la tienes. Aquí estoy yo para sacarte de un apuro; digo, para partir contigo un pedazo de pan, porque yo también soy pobre y más desgraciado que tú, ¿sabes? porque el frío, el hambre, se soportan; pero ¡ay! otras cosas...» Apretó el paso sin reparar en la cara burlona de su favorecido, y siguió dando, dando, hasta que le quedaron pocas piezas en el bolsillo. Corriendo hacia su casa, en retirada, miraba al cielo, cosa en él muy contraria a la costumbre, pues si alguna vez lo miró para enterarse del tiempo, jamás, hasta aquella noche, lo había contemplado. ¡Cuantísima estrella! Y qué claras y resplandecientes, cada una en su sitio, hermosas y graves, millones de millones de miradas que no aciertan a ver nuestra pequeñez. Lo que más suspendía el ánimo del tacaño era la idea de que todo aquel cielo estuviese indiferente a su gran dolor, o más bien ignorante de él. Por lo demás, como bonitas, ¡vaya si eran bonitas las estrellas! Las había chicas, medianas y grandes; algo así como pesetas, medios duros y duros. Al insigne prestamista le pasó por la cabeza lo siguiente: «Como se ponga bueno, me ha de ajustar esta cuenta: si acuñáramos todas las estrellas del cielo, ¿cuánto producirían al 5 por 100 de interés compuesto en los siglos que van desde que todo eso existe?»

Entró en su casa cerca de la una, sintiendo algún alivio en las congojas de su alma; se adormeció vestido, y a la mañana del día siguiente la fiebre de Valentín había remitido bastante. ¿Habría esperanzas? Los médicos no las daban sino muy vagas, y subordinando su fallo al recargo de la tarde. El usurero, excitadísimo, se abrazó a tan débil esperanza como el náufrago se agarra a la flotante astilla. Viviría, ¡pues no había de vivir!

—Papá —le dijo Rufina llorando—, pídeselo a la Virgen del Carmen, y déjate de Humanidades.

—¿Crees tú?... Por mí no ha de quedar. Pero te advierto que no habiendo buenas obras no hay que fiarse de la Virgen. Y acciones cristianas habrá, cueste lo que cueste: yo te lo aseguro. En las obras de misericordia está todo el intríngulis. Yo vestiré desnudos, visitaré enfermos, consolaré tristes... Bien sabe Dios que esa es mi voluntad bien lo sabe... No salgamos después con la peripecia de que no lo sabía... Digo, como saberlo, lo sabe... Falta que quiera.

Vino por la noche el recargo, muy fuerte. Los calomelanos y revulsivos no daban resultado alguno. Tenía el pobre niño las piernas abrasadas a sinapismos, y la cabeza hecha una lástima con las embrocaciones para obtener la erupción artificial. Cuando Rufina le cortó el pelito por la tarde, con objeto de despejar el cráneo, Torquemada oía los tijeretazos como si se los dieran a él en el corazón. Fue preciso comprar más hielo para ponérselo en vejigas en la cabeza, y después hubo que traer el iodoformo; recados que el *Peor* desempeñaba con ardiente actividad, saliendo y entrando cada poco tiempo. De vuelta a casa, ya anochecido, encontró, al doblar la esquina de la calle de Hita, un anciano mendigo y haraposo, con pantalones de soldado, la cabeza al aire, un andrajo de chaqueta por los hombros, y mostrando el pecho desnudo. Cara más venerable no se podía encontrar sino en las estampas del *Año cristiano*. Tenía la barba erizada y la frente llena de arrugas, como San Pedro; el cráneo terso, y dos rizados mechones blancos en las sienes. «Señor, señor —decía con el temblor de un frío intenso—, mire cómo estoy, míreme.» Torquemada pasó de largo, y se detuvo a poca distancia; volvió hacia atrás, estuvo un rato vacilando, y al fin siguió su camino. En el cerebro le fulguró esta idea: «Si conforme traigo la capa nueva, trajera la vieja...»

VI

Y al entrar en su casa:

—¡Maldito de mí! No debí dejar escapar aquel acto de cristiandad.

Dejó la medicina que traía, y, cambiando de capa, volvió a echarse a la calle. Al poco rato, Rufinita, viéndole entrar en cuerpo, le dijo asustada:

—Pero, papá, ¡cómo tienes la cabeza!... ¿En dónde has dejado la capa?

—Hija de mi alma —contestó el tacaño bajando la voz y poniendo una cara muy compungida—, tú no comprendes lo que es un buen rasgo de caridad, de humanidad... ¿Preguntas por la capa? Ahí te quiero ver... Pues se la he dado a un pobre viejo, casi desnudo y muerto de frío. Yo soy así: no ando con bromas cuando me compadezco del pobre. Podré parecer duro algunas veces; pero como me ablande... Veo que te asustas. ¿Qué vale un triste pedazo de paño?

—¿Era la nueva?

—No, la vieja... Y ahora, créemelo, me remuerde la conciencia por no haberle dado la nueva ... y se me alborota también por habértelo dicho. La caridad no se debe pregonar.

No se habló más de aquello, porque de cosas más graves debían ambos ocuparse. Rendida de cansancio, Rufina no podía ya con su cuerpo: cuatro noches hacía que no se acostaba; pero su valeroso espíritu la sostenía siempre en pie, diligente y amorosa como una hermana de la caridad. Gracias a la asistenta que tenían en casa; la señorita podía descansar algunos ratos; y para ayudar a la asistenta en los trabajos de la cocina, quedábase allí por las tardes la trapera de la casa, viejecita que recogía las basuras y los pocos desperdicios de la comida, *ab initio*, o sea desde que Torquemada y Doña Silvia se casaron, y lo mismo había hecho en la casa de los padres de Doña Silvia. Llamábanla la *tía Roma*, no sé por qué (me inclino a creer que este nombre es corrupción de Jerónima), y era tan vieja, tan vieja y tan fea, que su cara parecía un puñado de telarañas revueltas con ceniza; su nariz de corcho ya no tenía forma; su boca redonda y sin dientes, menguaba o crecía, según la distensión de las arrugas que la formaban. Más arriba, entre aquel revoltijo de piel polvorosa, lucían los ojos de pescado, dentro de un cerco de pimentón húmedo. Lo demás de la persona desaparecía bajo un envoltorio de trapos y dentro de la remendada falda, en la cual había restos de un traje de la madre de Doña Silvia, cuando era polla. Esta pobre mujer tenía gran apego a la casa, cuyas barreduras había recogido diariamente durante luengos años; tuvo en gran estimación a Doña Silvia, la cual nunca quiso dar a nadie más que a ella los huesos, mendrugos y piltrafas sobrantes, y amaba entrañablemente a los niños, principalmente a Valentín, delante de quien se prosternaba con admiración supersticiosa. Al verle con aquella enfermedad tan mala, que era, según ella, una reventazón del talento en la cabeza, la tía roma no tenía sosiego: iba mañana y tarde a enterarse; penetraba en la alcoba del chico, y permanecía largo rato sentada junto al lecho, mirándole silenciosa, sus ojos como dos fuentes inagotables que inundaban de lágrimas los flácidos pergaminos de la cara y pescuezo.

Salió la trapera del cuarto para volverse a la cocina, y en el comedor se encontró al amo que, sentado junto a la mesa y de bruces en ella, parecía entregarse a profundas meditaciones. La tía Roma, con el largo trato y su metimiento en la familia, se tomaba confianzas con él... «Rece, rece —le dijo, poniéndose delante y dando vueltas al pañuelo con que pensaba enjugar el llanto caudaloso—, rece, que buena falta le hace... ¡Pobre hijo de mis entrañas, qué malito está!... Mire, mire (señalando al encerado) las cosas tan guapas que escribió en ese bastidor negro. Yo no entiendo lo que dice ... pero a cuenta que dirá que debemos ser buenos... ¡Sabe más ese ángel!... Como que por eso Dios no nos le quiere dejar...

—¿Qué sabes tú, tía Roma? —dijo Torquemada poniéndose lívido—. Nos le dejará. ¿Acaso piensas tú que yo soy tirano y perverso, como creen los tontos y algunos perdidos, malos pagadores?... Si uno se descuida, le forman la reputación más perra del mundo... Pero Dios sabe la verdad... Si he hecho o no he hecho caridades en estos días, eso no es cuenta de nadie: no me gusta que me averigüen y pongan en carteles mis buenas acciones... Reza tú también, reza mucho hasta que se te seque la boca, que tú debes de ser allá muy bien mirada, porque en tu vida has tenido una peseta... Yo me vuelvo loco, y me pregunto qué culpa tengo yo de haber ganado algunos jeringados reales... ¡Ay, tía Roma, si vieras cómo tengo mi alma! Pídele a Dios que se nos conserve Valentín, porque si se nos muere, yo no sé lo que pasará: yo me volveré loco, saldré a la calle y mataré a alguien. Mi hijo es mío, ¡puñales! y la gloria del mundo. ¡Al que me le quite...!

—¡Ay qué pena! —murmuró la vieja ahogándose.

—Pero quien sabe ... puede que la Virgen haga el milagro... Yo se lo estoy pidiendo con muchísima devoción. Empuje usted por su lado y prometa ser tan siquiera regular.

—Pues por prometido no quedará... Tía Roma déjame ... déjame solo. No quiero ver a nadie. Me entiendo mejor solo con mi afán.»

La anciana salió gimiendo, y don Francisco, puestas las manos sobre la mesa, apoyó en ellas su frente ardorosa. Así estuvo no sé cuánto tiempo, hasta que le hizo variar de postura su amigo Bailón, dándole palmadas en el hombro y diciéndole: «No hay que amilanarse. Pongamos cara de vaqueta a la desgracia, y no permitamos que nos acoquine la muy ... Déjese para las mujeres la cobardía. Ante la Naturaleza, ante el sublime Conjunto, somos unos pedazos de átomos que no sabemos de la misa la media.

—Váyase usted al rábano con sus Conjuntos y sus papás —le dijo Torquemada echando lumbre por los ojos.»

Bailón no insistió; y juzgando que lo mejor era distraerle, apartando su pensamiento de aquellas sombrías tristezas, pasado un ratito le habló de cierto negocio que traía en la mollera.

Como quiera que el arrendatario de sus ganados asnales y cabríos hubiese rescindido el contrato, Bailón decidió explotar aquella industria en gran escala, poniendo un gran establecimiento de leches a estilo moderno con servicio puntual a domicilio, precios arreglados, local elegante, teléfono, etc... Lo había estudiado, y... Créame usted amigo don Francisco, es un negocio seguro, mayormente si añadimos el ramo de vacas, porque en Madrid las leches...

—Déjeme usted a mí de leches y de... ¿Qué tengo yo que ver con burras ni con vacas? —gritó el *Peor* poniéndose en pie y mirándole con desprecio—. Me ve cómo estoy, ¡puñales! muerto de pena, y me viene a hablar de la condenada leche... Hábleme de cómo se consigue que Dios nos haga caso cuando pedimos lo que necesitamos, hábleme de lo que ... no sé cómo explicarlo ... de lo que significa ser bueno y ser malo ... porque, o yo soy un zote, o ésta es de las cosas que tienen más busilis...

—«¡Vaya si lo tienen, vaya si lo tienen, carambita!» dijo la sibila con expresión de suficiencia, moviendo la cabeza y entornando los ojos.

En aquel momento tenía el hombre actitud muy diferente de la de su similar en la Capilla Sixtina: sentado, las manos sobre el puño del bastón, éste entre las piernas, las piernas dobladas con igualdad: el sombrero caído para atrás, el cuerpo atlético desfigurado dentro del gabán de solapas aceitosas, los hombros y cuello plagados de caspa. Y sin embargo de estas prosas, el muy arrastrado se parecía al Dante y ¡había sido sacerdote en Egipto! Cosas de la picara humanidad...

«Vaya si lo tienen —repitió la sibila, preparándose a ilustrar a su amigo con una opinión cardinal—. ¡Lo bueno y lo malo ... como quien dice, luz y tinieblas!»

Bailón hablaba de muy distinta manera de como escribía. Esto es muy común. Pero aquella vez la solemnidad del caso exaltó tanto su magín, que se le vinieron a la boca los conceptos en la forma propia de su escuela literaria. «He aquí que el hombre vacila y se confunde ante el gran problema. ¿Qué es el bien? ¿Qué es el mal? Hijo mío, abre tus oídos a la verdad y tus ojos a la luz. El bien es amar a nuestros semejantes. Amemos y sabremos lo que es el bien; aborrezcamos y sabremos lo que es el mal. Hagamos bien a los que nos aborrecen, y las espinas se nos volverán flores. Esto dijo el justo, esto digo yo ... Sabiduría de sabidurías, y ciencia de ciencias».

—Sabidurías y armas al hombro —gruñó Torquemada con abatimiento—. Eso ya lo sabía yo ... pues lo de *al prójimo contra una esquina* siempre me ha parecido una barbaridad. No hablemos más de eso... No quiero pensar en cosas tristes. No digo más sino que si se me muere el hijo ... vamos, no quiero pensarlo ... si se me muere, lo mismo me da lo blanco que lo negro...

En aquél momento oyóse un grito áspero, estridente, lanzado por Valentín, y que a entrambos los dejó suspensos de terror. Era el grito meníngeo, semejante al alarido del pavo real. Este extraño síntoma encefálico se había iniciado aquel día por la mañana, y revelaba el gravísimo y pavoroso curso de la enfermedad del pobre niño matemático. Torquemada se hubiera escondido en el centro de la tierra para no oír tal grito: metióse en su despacho sin hacer caso de las exhortaciones de Bailón, y dando a éste con la puerta en el hocico dantesco. Desde el pasillo le sintieron abriendo el cajón de su mesa, y al poco rato apareció guardando algo en el bolsillo interior de la americana. Cogió el sombrero, y sin decir nada se fue a la calle.

Explicaré lo que esto significaba y a dónde iba con su cuerpo aquella tar-de el desventurado Don Francisco. El día mismo en que cayó malo Valentín, recibió su padre carta de un antiguo y sacrificado cliente o deudor suyo, pidiéndole préstamo con garantía de los muebles de la casa. Las relaciones entre la víctima y el inquisidor databan de larga fecha, y las ganancias obte-nidas por éste habían sido enormes, porque el otro era débil, muy delicado, y se dejaba desollar, freír y escabechar como si hubiera nacido para eso. Hay personas así. Pero llegaron tiempos penosísimos, y el señor aquél no podía recoger su papel. Cada lunes y cada martes, el *Peor* le embestía, le mareaba, le ponía la cuerda al cuello y tiraba muy fuerte, sin conseguir sacarle ni los intereses vencidos. Fácilmente se comprenderá la ira del tacaño al recibir la cartita pidiendo un nuevo préstamo. ¡Qué atroz insolencia! Le habría con-testado mandándole a paseo, si la enfermedad del niño no le trajera tan afligido y sin ganas de pensar en negocios. Pasaron dos días, y allá te va otra esquela angustiosa, de *in extremis*, como pidiendo la Unción. En aquellas cortas líneas en que víctima invocaba los *hidalgos sentimientos* de verdugo, se hablaba de un compromiso de honor, proponíanse las condiciones más espantosas, pasaba por todo con tal de ablandar el corazón de bronce del usurero, y obtener de él la afirmativa. Pues cogió mi hombre la carta, y hecha pedazos la tiró a la cesta de papeles, no volvió a acordarse más de semejan-te cosa. ¿Buena tenía él la cabeza para pensar en los compromisos y apuros de nadie, aunque fueran los del mismísimo Verbo?

Pero llegó la ocasión aquélla antes descrita, el coloquio con la tía Roma y con don José, el grito de Valentín, y he aquí que al judío le da como una corazonada, se le enciende en la mollera fuego de inspiración, trinca el som-brero y se va derecho en busca de su desdichado cliente. El cual era apre-ciable persona, solo que de cortos alcances, con un familión sin fin, y una señora a quien le daba el hipo por lo elegante. Había desempeñado el tal buenos destinos en la Península, y en Ultramar, y lo que trajo de allá, no mucho, porque era hombre de bien, se lo afanó el usurero en menos de un año. Después le cayó la herencia de un tío; pero como la señora tenía unos condenados *jueves* para reunir y agasajar a la mejor sociedad, los cuartos de la herencia se escurrían de lo lindo, y sin saber cómo ni cuándo, fueron a parar al bolsón de Torquemada. Yo no sé qué demonios tenía el dinero de aquella casa, que era como un acero para correr hacia el imán del maldecido prestamista. Lo peor del caso es que aun después de hallarse la familia con el agua al pescuezo, todavía la tarasca aquella tan *fashionable* encargaba vestidos a París, invitaba a sus amigas para un *five o'clock tea*, o imaginaba cualquier otra majadería por el estilo.

Pues, señor, ahí va don Francisco hacia la casa del señor aquél, que, a juzgar por los términos aflictivos de la carta, debía de estar a punto de caer, con toda su elegancia y sus tés, en los tribunales, y de exponer a la burla y a la deshonra un nombre respetable. Por el camino sintió el tacaño que le tiraban de la capa. Volvióse ... ¿y quién creéis que era? Pues una mujer que parecía la Magdalena por su cara dolorida y por su hermoso pelo, mal encubierto con pañuelo de cuadros rojos y azules. El palmito era de la mejor ley; pero muy ajado ya por fatigosas campañas. Bien se conocía en ella a la mujer que sabe vestirse, aunque iba en aquella ocasión hecha un pingo, casi indecente, con falda remendada, mantón de ala de mosca y unas botas... ¡Dios, qué botas, y cómo desfiguraban aquel pie tan bonito.

—¡Isidora!... —exclamó don Francisco, poniendo cara de regocijo, cosa en él muy desusada—. ¿A dónde va usted con ese ajetreado cuerpo?

—Iba a su casa. Señor don Francisco, tenga compasión de nosotros ... ¿Por qué es usted tan tirano y tan de piedra? ¿No ve cómo estamos? ¿No tiene tan siquiera un poquito de humanidad?

—Hija de mi alma, usted me juzga mal ... ¿Y si yo le dijera ahora que iba pensando en usted ... que me acordaba del recado que me mandó ayer por el hijo de la portera ... y de lo que usted misma me dijo anteayer en la calle?

—¡Vaya, que no hacerse cargo de nuestra situación! —dijo la mujer echándose a llorar—. Martín muriéndose ... el pobrecito ... en aquel buhardillón helado... Ni cama, ni medicinas, ni con qué poner un triste puchero para darle una taza de caldo... ¡Qué dolor! Don Francisco, tenga cristiandad y no nos abandone. Cierto que no tenemos crédito; pero a Martín le quedan media docena de estudios muy bonitos... Verá usted ... el de la sierra de Guadarrama, precioso ... el de La Granja, con aquellos arbolitos ... también, y el de ... qué sé yo qué. Todos muy bonitos: Se los llevaré... pero no sea malo y compadézcase del pobre artista...

—Eh ... eh ... no llore, mujer... Mire que yo estoy montado a pelo ... tengo una aflicción tal dentro de mi alma, Isidora, que ... si sigue usted llorando, también yo soltaré el trapo. Váyase a su casa, y espéreme allí. Iré dentro de un ratito... ¿Qué ... duda de mi palabra?

—¿Pero de veras que va? No me engañe, por la Virgen Santísima.

—¿Pero la he engañado yo alguna vez? Otra queja podrá tener de mí; pero lo que es esa...

—¿Le espero de verdad?... ¡Qué bueno será usted si va y nos socorre!... ¡Martín se pondrá más contento cuando se lo diga!

—Váyase tranquila... Aguárdeme, y mientras llego pídale a Dios por mí con todo el fervor que pueda.

VII

No tardó en llegar a la casa del cliente, la cual era un principal muy bueno, amueblado con mucho lujo y elegancia, con *vistas a San Bernardino*. Mientras aguardaba a ser introducido, el *Peor* contempló el hermoso perchero y los soberbios cortinajes de la sala, que por la entornada puerta se alcanzaban a ver, y tanta magnificencia le sugirió estas reflexiones: «En lo tocante a los muebles, como buenos lo son ... vaya si lo son.» Recibióle el amigo en su despacho; y apenas Torquemada le preguntó por la familia, dejóse caer en una silla con muestras de gran consternación. «¿Pero qué le pasa? —le dijo el otro.

—No me hable usted, no me hable usted, señor don Juan. Estoy con el alma en un hilo... ¡Mi hijo...!

—¡Pobrecito! Sé que está muy malo... ¿Pero no tiene usted esperanzas?

—No, señor... Digo, esperanzas, lo que se llama esperanzas... No sé; estoy loco; mi cabeza es un volcán...

—¡Sé lo que es eso! —observó el otro con tristeza—. He perdido dos hijos que eran mi encanto: el uno de cuatro años, el otro de once.

—Pero su dolor de usted no puede ser como el mío. Yo padre, no me parezco a los demás padres, porque mi hijo no es como los demás hijos: es un milagro de sabiduría... ¡Ay, don Juan, Don Juan de mi alma, tenga usted compasión de mí! Pues verá usted... Al recibir su carta primera, no pude ocuparme... La aflicción no me dejaba pensar ... Pero me acordaba de usted y decía: «Aquel pobre don Juan, ¡qué amarguras estará pasando!...» Recibo la segunda esquela y entonces digo: «Ea, pues lo que es yo no le dejo en ese pantano. Debemos ayudarnos los unos a los otros en nuestras desgracias.» Así pensé; solo que con la batahola que hay en casa, no tuve tiempo de venir ni de contestar... Pero hoy, aunque estaba medio muerto de pena, dije: «Voy, voy al momento a sacar del purgatorio a ese buen amigo don Juan ...» y aquí estoy para decirle que aunque me debe usted setenta y tantos mil reales, que hacen más de noventa con los intereses no percibidos, y aunque he tenido que darle varias prórrogas, y ... francamente ... me temo tener que darle alguna más, estoy decidido a hacerle a usted ese préstamo sobre los muebles para que evite la peripecia que se le viene encima.

—Ya está evitada —replicó don Juan, mirando al prestamista con la mayor frialdad—. Ya no necesito el préstamo.

—¡Que no lo necesita! —exclamó el tacaño desconcertado—. Repare usted una cosa, don Juan. Se lo hago a usted ... al doce por ciento.

Y viendo que el otro hacía signos negativos, levantóse, y recogiendo la capa, que se le caía, dio algunos pasos hacia don Juan, le puso la mano en el hombro y le dijo:

«Es que usted no quiere tratar conmigo, por aquello de si soy o no soy agarrado. ¡Me parece a mí que un doce! ¿Cuándo las habrá visto usted más gordas!

—Me parece muy razonable el interés; pero, lo repito, ya no me hace falta.

—¿Se ha sacado usted el premio gordo, por vida de...! —exclamó Torquemada con grosería— don Juan, no gaste usted bromas conmigo... ¿Es que duda de que le hable con seriedad? Porque eso de que no le hace falta... ¡rábano!... ¡a usted que sería capaz de tragarse, no digo yo este pico, sino la Casa de la Moneda enterita... Don Juan. Don Juan, sepa usted, si no lo sabe, que yo también tengo mi humanidad como cualquier hijo de vecino, que me intereso por el prójimo hasta que favorezco a los que me aborrecen. Usted me odia, don Juan, usted me detesta, no me lo niegue, porque no me puede pagar: esto es claro. Pues bien: para que vea usted de lo que soy capaz, se lo doy al cinco ... ¡al cinco!»

Y como el otro repitiera con la cabeza los signos negativos, Torquemada se desconcertó más, y alzando los brazos, con lo cual dicho se está que la capa fue a parar al suelo, soltó esta andanada:

«¡Tampoco al cinco!... Pues, hombre, menos que el cinco, ¡caracoles!... a no ser que quiera que le dé también la camisa que llevo puesta... ¿Cuando se ha visto usted en otra?... Pues no sé qué quiere el ángel de Dios... De esta hecha, me vuelvo loco. Para que vea, para que vea hasta dónde llega mi generosidad: se lo doy sin interés.

—Muchas gracias, amigo don Francisco. No dudo de sus buenas intenciones. Pero ya nos hemos arreglado. Viendo que usted no me contestaba, me fui a dar con un pariente, y tuve ánimos para contarle mi triste situación. ¡Ojalá lo hubiera hecho antes!

—Pues aviado está el pariente... Ya puede decir que ha hecho un pan como unas hostias... Con muchos negocios de esos... En fin, usted no lo ha querido de mí, usted se lo pierde. Vaya diciendo ahora que no tengo buen corazón, quien no lo tiene es usted...

—¿Yo? Esa sí que es salada.

—Sí, usted, usted (con despecho). En fin, me las guillo, que me aguardan en otra parte donde hago muchísima falta, donde me están esperando como agua de Mayo. Aquí estoy de más. Abur...»

Despidióle don Juan en la puerta, y Torquemada bajó la escalera refunfuñando: «No se puede tratar con gente mal agradecida. Voy a entenderme con aquellos pobrecitos... ¡Qué será de ellos sin mí!»

No tardó en llegar a la otra casa, donde le aguardaban con tanta ansiedad. Era en la calle de la Luna, edificio de buena apariencia, que albergaba en el principal a un aristócrata; más arriba familias modestas, y en el techo un enjambre de pobres. Torquemada recorrió el pasillo oscuro buscando una puerta. Los números de éstas eran inútiles, porque no se veían. La suerte fue que Isidora le sintió los pasos y abrió.

«¡Ah! vivan los hombres de palabra. Pase, pase.»

Hallose don Francisco dentro de una estancia cuyo inclinado techo tocaba al piso por la parte contraria a la puerta; arriba, un ventanón con algunos de sus vidrios rotos, tapados con trapos y papeles; el suelo, de baldosín, cubierto a trechos de pedazos de alfombra; a un lado un baúl abierto, dos sillas, un anafre con lumbre; a otro, una cama, sobre la cual, entre mantas y ropas diversas, medio vestido y medio abrigado, yacía un hombre como de treinta años, guapo, de barba puntiaguda, ojos grandes, frente hermosa, demacrado y con los pómulos ligeramente encendidos; en las sienes una depresión verdosa, y las orejas transparentes como la cera de los devotos que se cuelgan en los altares. Torquemada le miró sin contestar al saludo y pensaba así: «El pobre está más tísico que la Traviatta. ¡Lástima de muchacho! Tan buen pintor y tan mala cabeza ... ¡Habría podido ganar tanto dinero!».

—Ya ve usted, don Francisco, cómo estoy ... con este catarrazo que no me quiere dejar. Siéntese... ¡Cuanto le agradezco su bondad!

—No hay que agradecer nada... Pues no faltaba más. ¿No nos manda Dios vestir a los enfermos, dar de beber al triste, visitar al desnudo?... ¡Ay! todo lo trabuco. ¡Qué cabeza!... Decía que para aliviar las desgracias estamos los hombres de corazón blando ... sí, señor.»

Miró las paredes del buhardillón, cubiertas en gran parte por multitud de estudios de paisajes, algunos con el cielo para abajo, clavados en la pared o arrimados a ella.

«Bonitas cosas hay todavía por aquí.

—En cuanto suelte el constipado, voy a salir al campo —dijo el enfermo, los ojos iluminados por la fiebre—. ¡Tengo una idea, qué idea!... Creo que me pondré bueno de ocho a diez días, si usted me socorre, don Francisco; y enseguida al campo, al campo...

—Al camposanto es a donde tu vas prontito —pensó Torquemada; y luego en alta voz—: Sí, eso es cuestión de ocho o diez días ... nada más... Luego, saldrá usted por ahí... en un coche... ¿Sabe usted que la buhardilla es fresquecita?... ¡Caramba! Déjeme embozar en la capa.

—Pues asómbrese usted —dijo el enfermo incorporándose—. Aquí me he puesto algo mejor. Los últimos días que pasamos en el estudio ... que se lo cuente a usted Isidora ... estuve malísimo; como que nos asustamos, y...»

Le entró tan fuerte golpe de tos, que parecía que se ahogaba. Isidora acudió a incorporarle, levantando las almohadas. Los ojos del infeliz parecía que se saltaban, sus deshechos pulmones agitábanse trabajosamente como fuelles rotos que no pueden expeler ni aspirar el aire; crispaba los dedos, quedando al fin postrado y como sin vida. Isidora le enjugó el sudor de la frente, puso en orden la ropa que por ambos lados del angosto lecho se caía, y le dio a beber un calmante.

«¡Pero qué pasmo tan atroz he cogido!... —exclamó el artista al reponerse del acceso.

—Habla lo menos posible —le aconsejó Isidora.

—Yo me entenderé con don Francisco: verás cómo nos arreglamos. Este don Francisco es más bueno de lo que parece: es un santo disfrazado de diablo, ¿verdad?»

Al reírse mostró su dentadura incomparable una de las pocas gracias que le quedaban en su decadencia triste. Torquemada, echándose el de bondadoso, la hizo sentar a su lado y le puso la mano en el hombro, diciéndole: «Ya lo creo que nos arreglaremos... Como que con usted se puede entender uno fácilmente; porque usted, Isidorita, no es como esas otras mujeronas que no tienen educación. Usted es una persona decente que ha venido a menos, y tiene todo el aquél de mujer fina, como hija neta de marqueses... Bien lo sé... y que le quitaron la posición que le corresponde esos pillos de la curia...

—¡Ay, Jesús! —exclamó Isidora, exhalando en un suspiro todas las remembranzas tristes y alegres de su novelesco pasado—. No hablemos de eso... Pongámonos en la realidad. Don Francisco, ¿se ha hecho cargo de nuestra situación? A Martín le embargaron el estudio. Las deudas eran tantas, que no pudimos salvar más que lo que usted ve aquí. Después hemos tenido que empeñar toda su ropa y la mía para poder comer... No me queda más que lo puesto ... ¡mire usted qué facha! y a él nada, lo que ve usted sobre la cama. Necesitamos desempeñar lo preciso; tomar una habitacioncita más abrigada, la del tercero, que está con papeles; encender lumbre, comprar medicinas, poner siquiera un buen cocido todos los días... Un señor de la beneficencia domiciliaria me trajo ayer dos bonos, y me mandó ir allá, a donde está la oficina; pero tengo vergüenza de presentarme con esta facha... Los que hemos nacido en cierta posición, señor don Francisco, por mucho que caigamos, nunca caemos hasta lo hondo... Pero vamos al caso: para todo eso que le he dicho, y para que Martín se reponga y pueda salir al campo, necesitamos tres mil reales ... y no digo cuatro porque no se asuste. Es lo último. Sí, don Francisquito de mi alma, y confiamos en su buen corazón.

—¡Tres mil reales! —dijo el usurero poniendo la cara de duda reflexiva que para los casos de benevolencia tenía; cara que era ya en él como una fórmula dilatoria, de las que se usan en diplomacia. —¡Tres mil realetes!... Hija de mi alma, mire usted.»

Y haciendo con los dedos pulgar e índice una perfecta rosquilla, se la presentó a Isidora, y prosiguió así: «No sé si podré disponer de los tres mil reales en el momento. De todos modos, me parece que podrían ustedes arreglarse con menos. Piénselo bien, y ajuste sus cuentas. Yo estoy decidido a protegerles y ayudarles para que mejoren de suerte... llegaré hasta el sacrificio hasta quitarme el pan de la boca para que ustedes maten el hambre; pero ... pero reparen que debo mirar también por mis intereses...

—Pongamos el interés que quiera, don Francisco —dijo con énfasis el enfermo, que por lo visto, deseaba acabar pronto.

—No me refiero al materialismo del rédito dinero, sino a mis intereses, claro, a mis intereses. Y doy por hecho que ustedes piensan pagarme algún día.

—Pues claro —replicaron a una Martín e Isidora.»

Y Torquemada para su coleto: «El día del Juicio por la tarde me pagaréis: ya sé que éste es dinero perdido.»

El enfermo se incorporó en su lecho, y con cierta exaltación dijo al prestamista:

«Amigo, ¿cree usted que mi tía, la que está en Puerto Rico, ha de dejarme en esta situación cuando se entere? Ya estoy viendo la letra de cuatrocientos o quinientos pesos que me ha de mandar. Le escribí por el correo pasado.

—Como no te mande tu tía quinientos puñales —pensó Torquemada. Y en voz alta—: Y alguna garantía me han de dar ustedes también ... digo, me parece que...

—¡Toma! los estudios. Escoja los que quiera.»

Echando en redondo una mirada pericial, Torquemada explanó su pensamiento en esta forma: «Bueno, amigos míos: voy a decirles una cosa que les va a dejar turulatos. Me he compadecido de tanta miseria; yo no puedo ver una desgracia semejante sin acudir al instante a remediarla. ¡Ah! ¿qué idea teníais de mí? Porque otra vez me debieron un pico y les apuré y les ahogué, ¿creen que soy de mármol? Tontos, era porque entonces les vi triunfando y gastando, y francamente, el dinero que yo gano con tanto afán no es para tirado en francachelas. No me conocéis, os aseguro que no me conocéis. Comparen la tiranía de esos chupones que les embargaron el estudio y os dejaron en cueros vivos; comparen eso, digo, con mi generosidad, y con este corazón tierno que me ha dado Dios... Soy tan bueno, tan bueno, que yo mismo me tengo que alabar y darme las gracias por el bien que hago. Pues verán qué golpe. Miren...»

Volvió a aparecer la rosquilla, acompañada de estas graves palabras: «Les voy a dar los tres mil reales, y se los voy a dar ahora mismo ... pero no es eso lo más gordo, sino que se los voy a dar sin intereses... Qué tal, ¿es esto rasgo o no es rasgo?

—Don Francisco —exclamó Isidora con efusión—, déjeme que le dé un abrazo.

—Y yo le daré otro si viene acá —gritó el enfermo queriendo echarse fuera de la cama.

—Sí, vengan todos los cariños que queráis —dijo el tacaño, dejándose abrazar por ambos—. Pero no me alaben mucho, porque estas acciones son deber de toda persona que mire por la Humanidad, y no tienen gran mérito... Abrácenme otra vez, como si fuera vuestro padre, y compadézcanme, que yo también lo necesito... En fe que se me saltan las lágrimas si me descuido porque soy tan compasivo ... tan...

—Don Francisco de mis entretelas —declaró el tísico arropándose bien otra vez con aquellos andrajos—, es usted la persona más cristiana, más completa y más humanitaria que hay bajo el Sol. Isidora, trae el tintero, la pluma y el papel sellado que compraste ayer, que voy a hacer un pagaré.»

La otra le llevó lo pedido; y mientras el desgraciado joven escribía, Torquemada, meditabundo y con la frente apoyada en un solo dedo, fijaba en el suelo su mirar reflexivo. Al coger el documento que Isidora le presentaba, miró a sus deudores con expresión paternal, y echó el registro afeminado y dulzón de su voz para decirles: «Hijos de mi alma, no me conocéis, repito que no me conocéis. Pensáis sin duda que voy a guardarme este pagaré... Sois unos bobalicones. Cuando yo hago una obra de caridad, allá te va de veras, con el alma y con la vida. No os presto los tres mil reales, os los regalo, por vuestra linda cara. Mirad lo que hago: ras, ras...»

Rompió el papel. Isidora y Martín lo creyeron porque lo estaban viendo; que si no, no lo hubieran creído.

«Eso se llama hombre cabal... Don Francisco, muchísimas gracias —dijo Isidora conmovida. Y el otro, tapándose la boca con las sábanas para contener el acceso de tos que se iniciaba:

—¡María Santísima, qué hombre tan bueno!

—Lo único que haré —dijo don Francisco levantándose y examinando de cerca los cuadros—, es aceptar un par de estudios, como recuerdo... Este de las montañas nevadas y aquél de los burros pastando... Mire usted, Martín, también me llevaré, si le parece, aquella marinita y este puente con hiedra...»

A Martín le había entrado el acceso y se asfixiaba. Isidora, acudiendo a auxiliarle, dirigió una mirada furtiva a las tablas y al escrutinio y elección que de ellas hacía el aprovechado prestamista.

«Los acepto como recuerdo —dijo éste apartándolos—; y si les parece bien, también me llevaré este otro... Una cosa tengo que advertirles: si temen que con las mudanzas se estropeen estas pinturas, llévenmelas a casa, que allí las guardaré y pueden recogerlas el día que quieran... ¿Vaya? ¿va pasando esa condenada tos? La semana que entra ya no toserá usted nada, pero nada. Irá usted al campo ... allá por el puente de San Isidro... Pero ¡que cabeza la mía...! se me olvidaba lo principal, que es darles los tres mil reales.

Venga acá, Isidorita, entérese bien ... Un billete de cien pesetas, otro, otro ... (Los iba contando mojaba los dedos con saliva a cada billete, para que no se peguen.) Setecientas pesetas ... tengo billete de cincuenta, hija. Otro día lo da.

Tienen ahí ciento cuarenta duros, o sean dos ochocientos reales...»

VIII

Al ver el dinero, Isidora casi lloraba de gusto, y el enfermo se animó tanto que parecía haber recobrado la salud. ¡Pobrecillos, estaban tan mal, habían pasado tan horribles escaseces y miserias! Dos años antes se conocieron en casa de un prestamista que a entrambos les desollaba vivos. Se confiaron su situación respectiva, se compadecieron y se amaron: aquella misma noche durmió Isidora en el estudio. El desgraciado artista y la mujer perdida hicieron el pacto de fundir sus miserias en una sola, y de ahogar sus penas en el dulce licor de una confianza enteramente conyugal. El amor les hizo llevadera la desgracia. Se casaron en el ara del amancebamiento, y a los dos días de unión se querían de veras y hallábanse dispuestos a morirse juntos y a partir lo poco bueno y lo mucho malo que la vida pudiera traerles. Lucharon contra la pobreza, contra la usura, y sucumbieron sin dejar de quererse: él siempre amante, solícita y cariñosa ella; ejemplo ambos de abnegación, de esas altas virtudes que se esconden avergonzadas para que no las vean la ley y la religión, como el noble haraposo se esconde de sus iguales bien vestidos.

Volvió a abrazarles Torquemada, diciéndoles con melosa voz: «Hijos míos, sed buenos y que os aproveche el ejemplo que os doy. Favoreced al pobre, amad al prójimo, y así como yo os he compadecido, compadecedme a mí, porque soy muy desgraciado.

—Ya sé —dijo Isidora, desprendiéndose de los brazos del avaro—, que tiene usted al niño malo. ¡Pobrecito! Verá usted cómo se le pone bueno ahora...

—¡Ahora! ¿Por qué ahora? —preguntó Torquemada con ansiedad muy viva.

—Pues ... qué sé yo... Me parece que Dios le ha de favorecer, le ha de premiar sus buenas obras...

—¡Oh! si mi hijo se muere —afirmó don Francisco con desesperación—, no sé qué va a ser de mí.

—No hay que hablar de morirse —gritó el enfermo, a quien la posesión de los santos cuartos había despabilado y excitado cual si fuera una toma del estimulante más enérgico—. ¿Qué es eso de morirse? Aquí no se muere nadie. Don Francisco, el niño no se muere. Pues no faltaba mas. ¿Qué tiene? ¿Meningitis? Yo tuve una muy fuerte a los diez años; y ya me daban por muerto, cuando entré en reacción, y viví y aquí me tiene usted dispuesto a llegar a viejo, y llegaré, porque lo que es el catarro, ahora lo largo. Vivirá el niño, don Francisco, no tenga duda; vivirá.

—Vivirá —repitió Isidora—: yo se lo voy a pedir a la Virgencita del Carmen.

—Sí, hija, a la Virgen del Carmen —dijo Torquemada llevándose el pañuelo a los ojos—. Me parece muy bien. Cada uno empuje por su lado, a ver si entre todos ...

El artista, loco de contento, quería comunicárselo al atribulado padre, y medio se echó de la cama para decirle: «Don Francisco, no llore, que el chico vive... Me lo dice el corazón, me lo dice una voz secreta... Viviremos todos y seremos felices.

—¡Ay, hijo de mi alma! —exclamó el *Peor*, y abrazándole otra vez—: Dios le oiga a usted. ¡Qué consuelo tan grande me da!

—También usted nos ha consolado a nosotros. Dios se lo tiene que premiar. Viviremos, sí, sí. Mire, mire: el día en que yo pueda salir, nos vamos todos al campo, el niño también, de merienda. Isidora nos hará la comida, y pasaremos un día muy agradable, celebrando nuestro restablecimiento.

—Iremos, iremos —dijo el tacaño con efusión, olvidándose de lo que antes había pensado respecto al *campo* a que iría Martín muy pronto—. Sí, y nos divertiremos mucho, y daremos limosnas a todos los pobres que nos salgan... ¡Qué alivio siento en mi interior desde que he hecho ese beneficio!... No, no me lo alaben... Pues verán: se me ocurre que aún les puedo hacer otro mucho mayor.

¿Cuál?... A ver, don Francisquito.

—Pues se me ha ocurrido ... no es idea de ahora, que la tengo hace tiempo... Se me ha ocurrido que si la Isidora conserva los papales de su herencia y sucesión de la casa de Aransis, hemos de intentar sacar eso...»

Isidora le miró entre aturdida y asombrada «¿Otra vez eso?» fue lo único que dijo.

«Sí, sí, tiene razón don Francisco —afirmó el pobre tísico, que estaba de buenas, entregándose con embriaguez a un loco optimismo—. Se intentará... Eso no puede quedar así.

—Tengo el recelo —añadió Torquemada—, de que los que intervinieron en la acción la otra vez no anduvieron muy listos, o se vendieron a la Marquesa vieja... Lo hemos de ver, lo hemos de ver.

—En cuantito que yo suelte el catarro. Isidora; mi ropa; ve al momento a traer mi ropa, que me quiero levantar... ¡Qué bien me siento ahora! Me dan ganas de ponerme a pintar, don Francisco. En cuanto el niño se levante de la cama quiero hacerle el retrato.

—Gracias, gracia ... sois muy buenos ... los tres somos muy buenos, ¿verdad? Venga un abrazo, y pedid a Dios por mí. Tengo que irme, porque estoy con una zozobra que no puedo vivir.

—Nada, nada, que el niño está mejor, que se salva —repitió el artista cada vez más exaltado—. Si le estoy viendo, si no me puedo equivocar.»

Isidora se dispuso a salir, con parte del dinero, camino de la casa de préstamos; pero al pobre artista le acometió la tos y disnea con mayor fuerza y tuvo que quedarse. Don Francisco se despidió con las expresiones más cariñosas que sabía y cogiendo los cuadritos salió con ellos debajo de la capa. Por la escalera iba diciendo: «¡Vaya, que es bueno ser bueno!... ¡Siento en mi interior una cosa, un consuelo...! ¡Si tendrá razón Martín! ¡Si se me pondrá bueno aquel pedazo de mi vida!... Vamos corriendo allá. No me fío, no me fío. Este botarate tiene las ilusiones de los tísicos en último grado. Pero ¡quién sabe! se engaña de seguro respecto a sí mismo, y acierta en lo demás. A donde él va pronto es al nicho... Pero los moribundos suelen tener doble vista, y puede que haya *visto* la mejoría de Valentín ... voy corriendo, corriendo. ¡Cuánto me estorban estos malditos cuadros! ¡No dirán ahora que soy tirano y judío, pues rasgos de estos entran pocos en libra!... No me dirán que me cobro en pinturas, pues por estos apuntes, en venta, no me darían ni la mitad de lo que yo di. Verdad que si se muere valdrán más, porque aquí, cuando un artista está vivo, nadie le hace maldito caso, y en cuanto se muere de miseria o de cansancio, le ponen en las nubes, le llaman genio y qué sé yo qué... Me parece que no llego nunca a mi casa. ¡Qué lejos está, estando tan cerca!»

Subió de tres en tres peldaños la escalera de su casa, y le abrió la puerta la tía Roma, disparándole a boca de jarro estas palabras: «Señor, el niño parece que está un poquito más tranquilo.» Oírlo don Francisco y soltar los cuadros y abrazar a la vieja, fue todo uno. La trapera lloraba, y el *Peor* le dio tres besos en la frente. Después fue derechito a la alcoba del enfermo y miró desde la puerta. Rufina se abalanzó hacia él para decirle: «Está desde mediodía más sosegado ... ¿Ves? Parece que duerme el pobre ángel. Quién sabe. Puede que se salve. Pero no me atrevo a tener esperanzas, no sea que las perdamos esta tarde.

Torquemada no cabía en sí de sobresalto y ansiedad. Estaba el hombre con los nervios tirantes, sin poder permanecer quieto ni un momento, tan pronto con ganas de echarse a llorar como de soltar la risa. Iba y venía del comedor a la puerta de la alcoba, de ésta a su despacho, y del despacho al gabinete. En una de estas volteretas, llamó a la tía Roma, y metiéndose con ella en la alcoba la hizo sentar, y le dijo:

—Tía Roma, ¿crees tú que se salva el niño?

—Señor, será lo que Dios quiera, y nada más. Yo se lo he pedido anoche y esta mañana a la Virgen del Carmen, con tanta devoción que más no puede ser, llorando a moco y baba. ¿No me ve cómo tengo los ojos?

—¿Y crees tú...?

—Yo tengo esperanza, señor. Mientras no sea cadáver, esperanzas ha de haber, aunque digan los médicos lo que dijeren. Si la Virgen lo manda, los médicos se van a hacer puñales... Otra: anoche me quedé dormida rezando, y me pareció que la Virgen bajaba hasta delantito de mí, y que me decía que sí con la cabeza ... Otra: ¿no ha rezado usted?

—Sí, mujer; ¡qué preguntas haces! Voy a decirte una cosa importante. Verás.»

Abrió un vargueño, en cuyos cajoncillos guardaba papeles y alhajas de gran valor que habían ido a sus manos en garantía de préstamos usurarios: algunas no eran todavía suyas; otras, sí. Un rato estuvo abriendo estuches, y a la tía Roma, que jamás había visto cosa semejante, se le encandilaban los ojos de pez con los resplandores que de las cajas salían. Eran, según ella, esmeraldas como nueces, diamantes que arrojaban pálidos rayos, rubíes como pepitas de granada, y oro finísimo, oro de la mejor ley, que valía cientos de miles... Torquemada, después de abrir y cerrar estuches, encontró lo que buscaba: una perla enorme, del tamaño de una avellana, de hermosísimo oriente; y cogiéndola entre los dedos, la mostró a la vieja.

«¿Qué te parece esta perla, tía Roma?»

—Bonita de veras. Yo no lo entiendo. Valdrá miles de millones. ¿Verdá usté?

—Pues esta perla —dijo Torquemada en tono triunfal—, es para la señora Virgen del Carmen. Para ella es, si pone bueno a mi hijo. Te la enseño, y pongo en tu conocimiento la intención, para que se lo digas. Si se lo digo yo, de seguro no me lo cree.

—Don Francisco (mirándole con profunda lástima), usted está malo de la jícara. Dígame, por su vida, ¿para qué quiere ese requilorio la Virgen del Carmen?

—Toma, para que se lo pongan el día de su santo, el 16 de Julio. ¡Pues no estará poco maja con esto! Fue regalo de boda de la excelentísima señora Marquesa de Tellería. Créelo, como ésta hay pocas.

—Pero, don Francisco, ¡usted piensa que la Virgen le va a conceder...! paice bobo ... ¡por ese piazo de cualquier cosa!

—Mira qué oriente. Se puede hacer un alfiler y ponérselo a ella en el pecho, o al Niño.

—¡Un rayo! ¡Valiente caso hace la Virgen de perlas y pindonguerías!... Créame a mí: véndala y dele a los pobres el dinero.

Mira tú, no es mala idea —dijo el tacaño guardando la joya—. Tú sabes mucho. Seguiré tu consejo, aunque, si he de serte franco, eso de dar a los pobres viene a ser una tontería, porque cuanto les das se lo gastan en aguardiente. Pero ya lo arreglaremos de modo que el dinero de la perla no vaya a parar a las tabernas ... Y ahora quiero hablarte de otra cosa. Pon muchísima atención: ¿te acuerdas de cuando mi hija, paseando una tarde por las afueras con Quevedo y las de Morejón, fue a dar allá, por donde tú vives, hacia los Tejares del Aragonés, y entró en tu choza y vino contándome, horrorizada, la pobreza y escasez que allí vio? ¿Te acuerdas de eso? Contóme Rufina que tu vivienda es un cubil, una inmundicia hecha con adobes, tablas viejas y planchas de hierro, el techo de paja y tierra; me dijo que ni tú ni tus nietos tenéis cama, y dormís sobre un montón de trapos; que los cerdos y las gallinas que criáis con la basura son allí las personas; y vosotros los animales. Sí: Rufina me contó esto, y yo debí tenerte lástima y no te la tuve. Debí regalarte una cama, pues nos has servido bien, querías mucho a mi mujer, quieres a mis hijos, y en tantos años que entras aquí jamás nos has robado ni el valor de un triste clavo. Pues bien: si entonces no se me pasó por la cabeza socorrerte, ahora sí.»

Diciendo esto, se aproximó al lecho y dio en él un fuerte palmetazo con ambas manos, como el que se suele dar para sacudir los colchones al hacer las camas.

«Tía Roma, ven acá, toca aquí. Mira qué blandura. ¿Ves este colchón de lana encima de un colchón de muelles? Pues es para ti, para ti, para que descanses tus huesos duros y te espatarres a tus anchas.»

Esperaba el tacaño una explosión de gratitud por dádiva tan espléndida, y ya le parecía estar oyendo las bendiciones de la tía Roma, cuando ésta salió por un registro muy diferente. Su cara telarañosa se dilató, y de aquellas úlceras con vista que se abrían en el lugar de los ojos, salió un resplandor de azoramiento y susto, mientras volvía la espalda al lecho, dirigiéndose hacia la puerta.

«Quite, quite allá —dijo—: vaya con lo que se le ocurre ... ¡Darme a mí los colchones, que ni tan siquiera caben por la puerta de mi casa!... Y aunque cupieran ... ¡rayo! A cuenta que he vivido tantísimos años durmiendo en duro como una reina, y en estas blanduras no pegaría los ojos. Dios me libre de tenderme ahí. ¿Sabe lo que le digo? Que quiero morirme en paz. Cuando venga la de la cara fea me encontrará sin una mota, pero con la conciencia como los chorros de la plata. No, no quiero los colchones, que dentro de ellos está su idea ... porque aquí duerme usted, y por la noche, cuando se pone a cavilar, las ideas se meten por la tela adentro y por los muelles, y ahí estarán como las chinches cuando no hay limpieza. ¡Rayo con el hombre, y la que me quería encajar!...

Accionaba la viejecilla de una manera gráfica, expresando tan bien, con el mover de las manos y de los flexibles dedos, cómo la cama del tacaño se contaminaba de sus ruines pensamientos, que Torquemada la oía con verdadero furor, asombrado de tanta ingratitud; pero ella, firme y arisca, continuó despreciando el regalo: «Pos vaya un premio gordo que me caía, Santo Dios ... ¡Pa que yo durmiera en eso! Ni que estuviera boba, don Francisco. ¡Pa que a media noche me salga toda la gusanera de las ideas de usted, y se me meta por los oídos y por los ojos, volviéndome loca y dándome una mala muerte...! Porque, bien lo sé yo ... a mí no me la da usted... ahí dentro, ahí dentro, están todos sus pecados, la guerra que le hace al pobre, su tacañería, los réditos que mama, y todos los números que le andan por la sesera para ajuntar dinero... Si yo me durmiera ahí, a la hora de la muerte me saldrían por un lado y por otro unos sapos con la boca muy grande, unos culebrones asquerosos que se me enroscarían en el cuerpo, unos diablos muy feos con bigotazos y con orejas de murciélago, y me cogerían entre todos para llevarme a rastras a los infiernos. Váyase al rayo, y guárdese sus colchones, que yo tengo un camastro hecho de sacos de trapo, con una manta por encima, que es la gloria divina... Ya lo quisiera usted... Aquéllo sí que es rico para dormir a pierna suelta...

—Pues dámelo, dámelo, tía Roma —dijo el avaro con aflicción—. Si mi hijo se salva, me comprometo a dormir en él lo que me queda de vida, y a no comer más que las bazofias que tú comes.

—A buenas horas y con Sol. Usted quiere ahora poner un puño en el cielo. ¡Ay, señor, a cada paje su ropaje! A usted le sienta eso como a la burra las arracadas. Y todo ello es porque está afligido; pero si se pone bueno el niño, volverá usted a ser más malo que Holofernes. Mire que ya va para viejo; mire que el mejor día se pone delante la de la cara pelada, y a ésta sí que no le da usted el timo.

—¿Pero de dónde sacas tú, estampa de la sura —replicó Torquemada con ira, agarrándola por el pescuezo y sacudiéndola—, de dónde sacás tú que yo soy malo, ni lo he sido nunca?

—Déjeme, suélteme, no me menée, que no soy ninguna pandereta. Mire que soy más vieja que Jerusalén y he visto mucho mundo y le conozco a usted desde que se quiso casar con la Silvia. Y bien le aconsejé a ella que no se casara ... y le anuncié las hambres que había de pasar. Ahora que está rico no se acuerda de cuando empezaba a ganarlo. Yo sí me acuerdo, y me paice que fue ayer cuando le contaba los garbanzos a la cuitada de Silvia y todo lo tenía usted bajo llave, y la pobre estaba descomida, trashijada y ladrando de hambre. Como que si no es por mí, que le traía algún huevo de ocultis, se hubiera muerto cien veces. ¿Se acuerda de cuando se levantaba usted a media noche para registrar la cocina a ver si descubría algo de con-dumio, que la Silvia hubiera escondido para comérselo sola? ¿Se acuerda de cuando encontró un pedazo de jamón en dulce y un medio pastel que me dieron a mí en casa de la Marquesa, y que yo le traje a la Silvia para que se lo zampara ella sola, sin darle a usted ni tanto así? ¿Recuerda que al otro día estaba usted hecho un león, y que cuando entré me tiró al suelo y me estuvo pateando? Y yo no me enfadé, y volví, y todos los días le traía algo a la Silvia. Como usted era el que iba a la compra, no le podíamos sisar, y la infeliz no tenía una triste chambra que ponerse. Era una mártira, don Francisco, una mártira; ¡y usted guardando el dinero y dándolo a peseta por duro al mes! Y mientre tanto, no comían más que mojama cruda con pan seco y ensalada. Gracias que yo partía con ustedes lo que me daban en las casas ricas, y una noche, ¿se acuerda? traje un hueso de jabalí que lo estuvo usted echando en el puchero seis días seguidos, hasta que se quedó mas seco que su alma puñalera. Yo no tenía obligación de traer nada: lo hacía por la Silvia, a quien cogí en brazos cuando nació de señá Rufinica, la del callejón del Perro. Y lo que a usted le ponía furioso era que yo le guardase las cosas a ella y no se las diera a usted, ¡un rayo! Como si tuviera yo obligación de llenarle a usted el buche, perro, más que perro... Y dígame ahora, ¿me ha dado alguna vez el valor de un real? Ella sí me daba lo que podía, a la chita callando; pero usted, el muy capigorrón, ¿qué me ha dado? Clavos torcidos, y las barreduras de la casa. ¡Véngase ahora con jipíos y farsa!... Valiente caso le van a hacer.

—Mira, vieja de todos los demonios —le dijo Torquemada furioso—, por respeto a tu edad no te reviento de una patada. Eres una embustera, una diabla, con todo el cuerpo lleno de mentiras y enredos. Ahora te da por desacreditarme después de haber estado más de veinte años comiendo mi pan. ¡Pero si te conozco, zurrón de veneno; si eso que has dicho nadie te lo va a creer: ni arriba ni abajo! El demonio está contigo, y maldita tú eres entre todas las brujas y esperpentos que hay en el cielo ... digo, en el infierno.»

IX

Estaba el hombre fuera de sí, delirante; y sin echar de ver que la vieja se había largado a buen paso de la habitación, siguió hablando como si delante la tuviera. «Espantajo, madre de las telarañas, si te cojo, verás... ¡Desacreditarme así!» Iba de una parte a otra en la estrecha alcoba, y de ésta al gabinete, cual si le persiguieran sombras; daba cabezadas contra la pared, algunas tan fuertes que resonaban en toda la casa.

Caía la tarde, y la oscuridad reinaba ya en torno del infeliz tacaño, cuando éste oyó claro y distinto el grito de pavo real que Valentín daba en el paroxismo de su altísima fiebre. «¡Y decían que estaba mejor!... Hijo de mi alma... Nos han vendido, nos han engañado.»

Rufina entró llorando en la estancia de la fiera, y le dijo: «¡Ay, papá, qué malito se ha puesto; pero qué malito!

—¡Ese trasto de Quevedo! —gritó Torquemada llevándose un puño a la boca y mordiéndoselo con rabia—. Le voy a sacar las entrañas... Él nos le ha matado.

—Papá, por Dios, no seas así... No te rebeles contra la voluntad de Dios... Si Él lo dispone...

—Yo no me rebelo, ¡puñales! yo no me rebelo. Es que no quiero, no quiero dar a mi hijo, porque es mío, sangre de mi sangre y hueso de mis huesos...

—Resígnate, resígnate, y tengamos conformidad —exclamó la hija, hecha un mar de lágrimas.

—No puedo, no me da la gana de resignarme. Esto es un robo... Envidia, pura envidia. ¿Qué tiene que hacer Valentín en el cielo? Nada, digan lo que dijeren; pero nada... Dios, ¡cuánta mentira, cuánto embuste! Que si cielo, que si infierno, que si Dios, que si diablo, que si ... tres mil rábanos. ¡Y la muerte, esa muy pindonga de la muerte, que no se acuerda de tanto pillo, de tanto farsante, de tanto imbécil, y se le antoja mi niño, por ser lo mejor que hay en el mundo!... Todo está mal, y el mundo es un asco, una grandísima porquería.»

Rufina se fue y entró Bailón, trayéndose una cara muy compungida. Venía de ver al enfermito, que estaba ya agonizando, rodeado de algunas vecinas y amigos de la casa. Disponíase el clerizonte a confortar al afligido padre en aquel trance doloroso, y empezó por darle un abrazo, diciéndole con empañada voz: «Valor, amigo mío, valor. En estos casos se conocen las almas fuertes. Acuérdese usted de aquel gran filósofo que expiró en una cruz dejando consagrados los principios de la Humanidad.

—¡Qué principios ni qué...! ¿quiere usted marcharse de aquí, so chinche?... Vaya que es de lo más pelmazo y cargante y apestoso que he visto. Siempre que estoy angustiado me sale con esos retruécanos.

—Amigo mío, mucha calma. Ante los designios de la Naturaleza, de la Humanidad, del gran Todo, ¿qué puede el hombre? ¡El hombre! esa hormiga, menos aún, esa pulga ... todavía mucho menos.

—Ese coquito ... menos aún, ese ... ¡puñales! —agregó Torquemada con sarcasmo horrible, remedando la voz de la sibila y enarbolando después el puño cerrado—. Si no se calla le rompo la cara... Lo mismo me da a mí el grandísimo todo que la grandísima nada y el muy piojoso que la inventó. Déjeme, suélteme, por la condenada alma de su madre, o...»

Entró Rufina otra vez, traída por dos amigas suyas, para apartarla del tristísimo espectáculo de la alcoba. La pobre joven no podía sostenerse. Cayó de rodillas exhalando gemidos, y al ver a su padre forcejeando con Bailón, le dijo: «Papá, por Dios, no te pongas así. Resígnate ... yo estoy resignada, ¿no me ves?... El pobrecito ... cuando yo entré... tuvo un instante ¡ay! en que recobró el conocimiento. Habló con voz clara, y dijo que veía a los ángeles que le estaban llamando.

—¡Hijo de mi alma, hijo de mi vida! —gritó Torquemada con toda la fuerza de sus pulmones, hecho un salvaje, un demente— no vayas, no hagas caso; que esos son unos pillos que te quieren engañar... Quédate con nosotros...»

Dicho esto, cayó redondo al suelo, estiró una pierna, contrajo la otra y un brazo. Bailón, con toda su fuerza no podía sujetarle, pues desarrollaba un vigor muscular inverosímil. Al propio tiempo soltaba de su fruncida boca un rugido feroz y espumarajos. Las contracciones de las extremidades y el pataleo eran en verdad horrible espectáculo: se clavaba las uñas en el cuello hasta hacerse sangre. Así estuvo largo rato, sujetado por Bailón y el carnicero, mientras Rufina, transida de dolor, pero en sus cinco sentidos, era consolada y atendida por Quevedito y el fotógrafo. Llenóse la casa de vecinos y amigos, que en tales trances suelen acudir compadecidos y serviciales. Por fin tuvo término el patatús de Torquemada, y caído en profundo sopor que a la misma muerte, por lo quieto, se asemejaba, le cargaron entre cuatro y le arrojaron en su lecho. La tía Roma, por acuerdo de Quevedito, le daba friegas con un cepillo, rasca que te rasca, como si le estuviera sacando lustre.

Valentín había espirado ya. Su hermana, que quieras que no, allá se fue, le dio mil besos, y, ayudada de las amigas, se dispuso a cumplir los últimos deberes con el pobre niño. Era valiente, mucho más valiente que su padre, el cual cuando volvió en sí de aquel tremendo síncope, y pudo enterarse de la completa extinción de sus esperanzas, cayó en profundísimo abatimiento físico y moral. Lloraba en silencio, y daba unos suspiros que se oían en toda la casa. Transcurrido un buen rato, pidió que le llevaran café con media tostada, porque sentía debilidad horrible. La pérdida absoluta de la esperanza le trajo la sedación nerviosa, y la sedación, estímulos apremiantes de reparar el fatigado organismo. A media noche fue preciso administrarle un substancioso potingue, que fabricaron la hermana del fotógrafo de arriba y la mujer del carnicero de abajo, con huevos, Jerez y caldo de puchero. «No sé qué me pasa —decía el *Peor*—; pero ello es que parece que se me quiere ir la vida.» El suspirar hondo y el llanto comprimido le duraron hasta cerca del día, hora en que fue atacado de un nuevo paroxismo de dolor, diciendo que quería ver a su hijo; *resucitarle, costara lo que costase*, e intentaba salirse del lecho, contra los combinados esfuerzos de Bailón, del carnicero y de los demás amigos que contenerle y calmarle querían. Por fin lograron que se estuviera quieto, resultado en que no tuvieron poca parte las filosóficas amonestaciones del cleriguho, y las sabias cosas que echó por aquella boca el carnicero, hombre de pocas letras, pero muy buen cristiano. «Tienen razón —dijo don Francisco, agobiado y sin aliento—. ¿Qué remedio queda más que conformarse? ¡Conformarse! Es un viaje para el que no se necesitan alforjas. Vean de qué le vale a uno ser más bueno que el pan, y sacrificarse por los desgraciados, y hacer bien a los que no nos pueden ver ni en pintura... Total, que lo que pensaba emplear en favorecer a cuatro pillos ... ¡mal empleado dinero, que había de ir a parar a las tabernas, a los garitos y a las casas de empeño!... digo que esos dinerales los voy a gastar en hacerle a mi hijo del alma, a esa gloria, a ese prodigio que no parecía de este mundo, el entierro más lucido que en Madrid se ha visto. ¡Ah, qué hijo! ¿No es dolor que me le hayan quitado? Aquello no era hijo: era un diosecito que engendramos a medias el Padre Eterno y yo... ¿No creen ustedes que debo hacerle un entierro magnífico? Ea, ya es de día. Que me traigan muestras de carros fúnebres ... y vengan papeleta negras para convidar a todos los profesores.»

Con estos proyectos de vanidad, excitóse el hombre, y a eso de las nueve de la mañana, levantado y vestido, daba sus disposiciones con aplomo y serenidad. Almorzó bien, recibía cuantos amigos llegaban a verle, y a todos les endilgaba la consabida historia: «Conformidad... ¡Qué le hemos de hacer!... Está visto: lo mismo da que usted se vuelva santo, que se vuelva usted Judas, para el caso de que le escuchen y le tengan misericordia... ¡Ah, misericordia!... Lindo anzuelo sin cebo para que se lo traguen los tontos.»

Y se hizo el lujoso entierro, y acudió a él mucha y lucida gente, lo que fue para Torquemada motivo de satisfacción y orgullo, único bálsamo de su hondísima pena. Aquella lúgubre tarde, después que se llevaron el cadáver del admirable niño, ocurrieron en la casa escenas lastimosas. Rufina, que iba y venía sin consuelo, vio a su padre salir del comedor con todo el bigote blanco, y se espantó creyendo que en un instante se había llenado de canas. Lo ocurrido fue lo siguiente: fuera de sí, y acometido de un espasmo de tribulación, el inconsolable padre fue al comedor y descolgó el encerado en que estaban aún escritos los problemas matemáticos, y tomándolo por retrato, que fielmente le reproducía las facciones del adorado hijo, estuvo larguísimo rato dando besos sobre la fría tela negra, y estrujándose la cara contra ella, con lo que la tiza se le pegó al bigote mojado de lágrimas, y el infeliz usurero parecía haber envejecido súbitamente. Todos los presentes se maravillaron de esto, y hasta se echaron a llorar. Llevóse don Francisco a su cuarto el encerado, y encargó a un dorador un marco de todo lujo para ponérselo, y colgarlo en el mejor sitio de aquella estancia.

Al día siguiente, el hombre fue acometido, desde que abrió los ojos, de la fiebre de los negocios terrenos. Como la señorita había quedado muy quebrantada por los insomnios y el dolor, no podía atender a las cosas de la casa: la asistenta y la incansable tía Roma la sustituyeron hasta donde sustituirla era posible. Y he aquí que cuando la tía Roma entró a llevarle el chocolate al gran inquisidor, ya estaba éste en planta, sentado a la mesa de su despacho, escribiendo números con mano febril. Y como la bruja aquélla tenía tanta confianza con el señor de la casa, permitiéndose tratarle como a igual, se llegó a él, le puso sobre el hombro su descarnada y fría mano, y le dijo: «Nunca aprende ... Ya está otra vez preparando los trastos de ahorcar. Mala muerte va usted a tener, condenado de Dios, si no se enmienda.» Y Torquemada arrojó sobre ella una mirada que resultaba enteramente amarilla, por ser en él de este color lo que en los demás humanos ojos es blanco, y le respondió de esta manera: «Yo hago lo que me da mi santísima gana, so mamarracho, vieja más vieja que la Biblia. Lucido estaría si consultara con tu necedad lo que debo hacer.» Contemplando un momento el encerado de las matemáticas, exhaló un suspiro y prosiguió así: «Si preparo los trastos, eso no es cuenta tuya ni de nadie, que yo me sé cuanto hay que saber de tejas abajo y aun de tejas arriba, ¡puñales! Ya sé que me vas a salir con el materialismo de la misericordia... A eso te respondo que si buenos memoriales eché, buenas y gordas calabazas me dieron. La misericordia que yo tenga, ¡...ñales! que me la claven en la frente.»

Madrid, Febrero de 1889.
FIN DE LA NOVELA

El artículo de fondo

I

«Basta de contemplaciones. Basta de contubernios. Basta de flaquezas. Ha sonado la hora de las energías. Creíamos que los hechos, tan claros ya en la mente de todo el mundo, se presentarían al fin en su espantosa gravedad a los ojos del insensato poder, que dirige los negocios públicos. Juzgando que toda obcecación, por grande que sea, ha de tener su límite, creíamos que el Gobierno no podría resistir a la evidencia de su descrédito; creíamos que, deponiendo la terquedad propia de todos los poderes que no se apoyan en la opinión, se resolvería al fin a entrar por más despejado y seguro camino, si no consideraba como la mejor de las enmiendas el abandonar la vida pública. Esperábamos inquietos, antes los grandes males que afligen a la patria; esperábamos callando, sin dejar de conocer los diarios y cada vez más graves errores «de este insensato Gobierno. Hemos esperado hasta lo último, hasta que los escándalos han sido intolerables. Hemos callado, mientras el callar no fue gravísima falta. Ya no hay esperanza. Es preciso no ocultar la verdad al país, y nosotros faltaríamos al primero de nuestros deberes, si un momento más permaneciéramos en esta actitud. Nuestro patriotismo nos impele a obrar de este modo; y como sabemos que la opinión pública es la única...»

Al llegar aquí, el autor del artículo se paró. La inspiración, si así puede decirse, se le había concluido; y como si el esfuerzo hecho para crear los párrafos que anteceden produjera fatiga en su imaginación, se detuvo, con ánimo de proseguir, cuando las varias ideas, que repentinamente y en tropel vinieron a su imaginación, se disparan.

Era su entendimiento tan pobre, que no hay noticia de que produjera nunca cosas de provecho, pues no han de tenerse por tales sus lucubraciones soporíferas sobre el origen de los poderes públicos y el equilibrio de las fuerzas sociales; era, además de corto, díscolo; porque jamás pudo adquirir ni sombra de método. Descollaba en las digresiones, y cuando se ocupaba en desarrollar una tesis cualquiera, no había fuerzas humanas que le concretaran al asunto, impidiendo sus escapadas, ya al campo de la historia, ya a la selva de la moral, ya a los vericuetos de la arqueología o de la numismática.

Por todos estos campos, cerros y collados corría complaciente y alborozada la imaginación del autor del artículo de fondo, cuando interrumpido el hilo lógico de éste, y olvidado el asunto y desbaratado el plan, ocuparon su mente, apoderándose de ella de un modo atropellado, violento y como de sorpresa, las intrusas ideas de que se ha hecho mérito.

Procedían éstas de todos los objetos, de todas las ilusiones, de todos los recuerdos, de mil fuentes diversas que manaban a un tiempo una corriente sin fin. Vínole al pensamiento no sé qué fragmento de historia, con el cual se unía la imagen de un obispo de Astorga, tan testarudo clérigo como intrépido soldado. Acordábase de las torres muzárabes que había contemplado en una ciudad antigua, y al mismo tiempo se le ofrecían a la vista lagos y jardines, no sin que de pronto afease este espectáculo algún animal de corpulenta forma y repugnante fealdad. Tan pronto se le representaban los versos de algún romance que hacía tiempo leyera en amarillos y arrugados códices, como sentía el rumor de lejana música de órgano, dulcísima y misteriosa.

¡Con cuánto abandono se entrega la imaginación a este cómodo vagar, suelta y libre, sin las trabas del árido razonamiento, sin que una voluntad firme la sujete ni la enfrene para elaborar difícilmente el producto literario, uno, lógico, de forma determinada y con especial contextura! La imaginación del pobre periodista había logrado escaparse en aquellos momentos, cuando el artículo no había pasado aún de su edad infantil, y solo contaba escaso número de renglones. La imaginación del menguado escritor, después de correr de aquí para allí, con la alborozada inquietud de un pájaro que, viendo rotas la cañas de su jaula, se escapa y vuela a todas partes sin fijarse en ninguna, se concretó al fin, se fijó, se regularizó poco a poco.

De entre los escasos renglones del artículo interrumpido poco después de haber sedado a luz su primera idea, surgen las líneas; las sombras y luces de una inmensa catedral gótica. Crecen sus haces de columnas, teñidas de suave matiz pardo, hasta llegar a enorme altura, desparramándose después los retorcidos tallos para formar las bóvedas. Descienden del techo, cual si estuvieran suspendidas de elásticas y casi invisibles cuerdas, lámparas de oro, cuyas luces oscilantes no bastan a eclipsar el diáfano colorido de las vidrieras, que llenas de santos y figuras resplandecientes, parecen comunicar con el cielo el interior del templo. Mil figuras van destacándose en la pared, como si una mano invisible las tallara en la piedra con sobrenatural prontitud, y lozana flora crece portentosamente a lo largo de las columnas, llevando en sus cálices animales grotescos o inverosímiles, que parecen haber sido producidos por ignorado germen en las entrañas mismas de la piedra. Las estatuas aplastadas sobre los muros se multiplican, aparecen en filas, en series, en ciclos sin fin, y son todas rígidas, tiesas retratando en sus semblantes el fastidio del Limbo o la placidez del Paraíso. Alternan con ellas los seres simbólicos creados por la estatuaria cristiana, y que parecen engendro sacrílego del paganismo y la teología. Los dragones, las sibilas, los monstruos bíblicos que para representar sutiles abstracciones ideó el genio de la Edad Media, refundiendo los despojos de las sirenas y los centauros antiguos, muestran sus heterogéneos miembros, en que la figura humana se une a las más raras formas de la fantástica zoología, ya religiosa, ya heráldica, inventada por embriagados escultores. Vense en las paredes blasones de brillantes tintas, sobre suntuosos sepulcros, en que duermen el sueño del mármol arzobispos y condestables, príncipes y guerreros, empuñando báculos o espadas. Los perros y leoncillos en que apoyan sus pies, parecen prestar atento oído a todo rumor que en el templo suena. Resplandece en el fondo el estofado riquísimo del altar, semejante a inmensa ascua de oro cuajada de diminutos ángeles y querubes que aletean quemándose en el seno de aquella nube incandescente, y como si la combustión les diera vida. Graves y barbudos santos, alineados con la compostura propia de los círculos celestes aparecen en el centro de este gran Apocalipsis de madera dorada, terminando tan portentosa máquina un Cristo colosal, cuyos brazos, que se abren contraídos por los dolores corporales, parece van a estrechar en supremo abrazo a todo el linaje humano.

Se sienten rezos tenues y confusos, no interrumpidos por pausa alguna, como si la atmósfera interior del edificio, afectada de una vibración inherente a su esencia física, modulara un monólogo sin fin. Todo es calma y respeto. La claridad, las sombras, las formas esculturales, la gallardía de las líneas, el recóndito sonido que se creería producido por la oscilación de la masa arquitectónica; aquel sonido, que hace pensar en la respiración de algún misterioso espíritu, habitante en las grandes cavidades de piedra; la variedad de objetos, la majestad de los sepulcros, el idealismo de los efectos de luz, todo esto produce estupor y recogimiento. Se piensa en Dios y se trata de medir la inmensidad de la idea que ha dado existencia a tan hermoso conjunto; se siente la más grande admiración hacia los tiempos que tuvieron fe, corazón y arte para expresar con símbolos inagotables su arraigada creencia...

Hallábase el menguado autor como en éxtasis contemplando en su mente estas hermosuras del arte y de la fe, cuando un ruido de pasos primero, la inusitada aparición de un hombre después, le trajeron bruscamente a la realidad, haciéndole fijar la vista en las cuartillas del artículo de fondo que olvidado yacía sobre la mesa.

El ser que tenía delante era un monstruo, un vestiglo. Aborrecíale en aquellos momentos más que si viniera a darle la muerte; y le inspiraba más pavor que si fuese satanás en persona. El monstruo miró al autor de un modo que le hizo temblar; alargó la mano pronunciando palabras que aterraron al infeliz, cual si fueran anatemas de la Iglesia o sentencia de inquisidores. Estremecióse en su asiento, erizósele el cabello y miró con angustia y bañado en sudor frío las incorrectas líneas del interrumpido articulejo.

II

Aquel vestiglo, o en otros términos, pedazo de bárbaro, venía cubierto de sudor, como si hubiese hecho una larga y precipitada carrera; y lo mismo su cara que su andrajoso y mugrienta ropa parecían teñidas de un ligero barniz oscuro. La tinta manaba de sus poros. Se diferenciaba de un carbonero en que su tizne era más consistente y como si le saliera de dentro. Enteramente igual a un cíclope, si no tuviera dos ojos, era el tal una de las más poderosas palancas de la civilización moderna, porque había recibido de la Providencia la alta misión de mover el manubrio de una máquina de imprimir, que daba a luz diariamente millones de millones de palabras. Viviendo la mayor parte del día en el sótano donde la máquina civilizadora funciona, aquel hombre se había identificado con ella; formaba parte de su mecanismo; y la armazón ingeniosa, pero inerte, obra pura de las matemáticas, se convertía en ser inteligente cuando al impulso del monstruo movía sus ruedas, ejes y cilindros como si fueran órganos animados por recóndita vida. Ambos se entusiasmaban, se confundían: ella crujiendo convulsamente y con acompasada celeridad; él, jadeante y lleno de sudor, describiendo curvas y más curvas con su brazo; ella recibiendo el papel para lanzarle fuera después de haber extendido en su superficie un mundo de ideas, y él entonando algún cantar para hacer más llevadero su trabajo. Horas y horas pasaban de este modo: la máquina, remedo de la naturaleza, reproduciendo en millones de ejemplares un mismo tipo y una misma forma; el hombre, determinando la fuerza impulsora semejante al soplo vital en los organismos animales. Cuando uno y otro se completaban de aquel modo, difícil era suponerlos desunidos; y después de admirar el pasmoso resultado de la combinación de los dos elementos, no habría sido fácil tampoco decir cuál de los dos era más inteligente.

Pero aquel hombre desempeñaba aún otras altas funciones igualmente encaminadas a la propagación de las luces. ¿Qué sería del pensamiento humano si aquel bruto no tuviera la misión de arreglar la tinta de imprimir, haciéndola más espesa o más clara según la intensidad que se quiera dar a la impresión? Cuando los ejemplares de los periódicos habían sido dados a luz por la máquina; cuando ésta se paraba fatigada del alumbramiento y hacía rechinar sus tornillos como si le dolieran; cuando los ejemplares recién nacidos, húmedos, pegajosos y mal olientes, eran apilados sobre una gran mesa, el vestiglo los doblaba cariñosamente, les ponía las fajas, les daba la forma con que circulan por toda la redondez de la tierra, llevando la idea a las más apartadas regiones, vivificando cuanto existe; los transportaba al correo, los pesaba, los franqueaba, tratábalos con el cariño de un padre y creía que él solo era autor de tanta maravilla.

No se limitaban a esto sus funciones: él pegaba carteles, complaciéndose sobremanera en vestir de colorines las esquinas de Madrid, coadyuvando de este modo a una de las grandes cosas de nuestro siglo, que es la publicidad. Y si tenía un arte especial para poner cataplasmas a las calles, no era mejor su aptitud para echarse a cuestas enormes resmas de papel, que allá en su fuero interno consideraba como el alimento, pienso o forraje de la máquina. Pues, digo también era insustituible para cargar moldes o formas que llenas de letras desafían los puños de los hombres más vigorosos; y además le destinaban a traer y llevar original y pruebas, misión que cumplía puntualmente al presentarse ante el joven autor de quien hablo, y decirle que venía *a por el artículo*, añadiendo que hacia mucha falta por estar parados y mano sobre mano los señores cajistas.

El apuro del autor no es para pintarse, y ved aquí explicado el horror, la indignación, los escalofríos y trasudores que la presencia del mocetón de la imprenta le produjo. Era preciso acabar el artículo, y antes de acabarlo, era menester seguirlo, empresa de dificultad colosal, por hallarse la imaginación del escritor sin ventura a 100.000 leguas del asunto. El desdichado mandó al mozo que volviera dentro de un breve rato; tomó la pluma, y recogiendo sus ideas lo mejor que pudo, después de trazar muchos garabatos en un papelejo, y mirar al techo cuatro veces y al papel otras tantas, escribió lo siguiente:

«... Y como sabemos que la opinión pública es la única norma de la política; como sabemos que los gobiernos que no se guían por la opinión pública elaboran su propia ruina con la ruina del país, nos decidimos hoy a alzar nuestra voz para indicar el peligro. El principal error del Gobierno, preciso es decirlo muy alto, es su empeño en destruir nuestras instituciones tradicionales, en realizar una *abolición completa de lo pasado*. ¿Son las conquistas de la civilización incompatibles con la historia? ¡Ah! El Gobierno se esfuerza en extirpar los restos de la fe de nuestros padres, de aquella fe poderosa de que vemos exacta expresión en las soberbias catedrales de la Edad Media, que subsisten y subsistirán para asombro de las generaciones. ¡Mezquina edad presente! ¡Ah! ¡Cómo se engrandece el ánimo al contemplar las prodigiosas obras que levantó el sentimiento religioso! ¿El espíritu que de tal manera se reproduce, no debe conservarse en la sociedad, mediante la acción previsora de los Gobiernos encargados de velar por los grandes y eternos principios?»

No bien concluido este párrafo, que a nuestro autor le pareció de perlas, fue interrumpido por un tremendo golpe que sintió en el hombro. Alzó los ojos y vio ¡cielos! a un importuno amigo que tenía la mala costumbre de insinuarse dando grandes espaldarazos y pellizcos.

Aunque el periodista tenía bastante intimidad con el recién venido, en aquel momento le fue más antipático que si viera en él a un alguacil encargado de prenderle. Le miró, apartando la vista del artículo, nuevamente interrumpido, y esperó con paciencia las palabras de su amigote.

III

El cual era en extremo pesado, y tenía un mirar tan parecido a la estupefacción inalterable de las estatuas, que al verle y oírle venían a la memoria los solemnes discursos de las esfinges o los augurios de cualquier oráculo o pitonisa. Hablaba en voz baja y en tono algo cavernoso, lo que no dejaba de estar en armonía con la amarillez de su semblante y con los cabellos largos que entrambos lados de la cabeza le caían. Era además tan lúgubre en su carácter y en sus costumbres, que no faltaba razón a los que habían dado en llamarle *sepulturero*.

Con el desdichado autor de quien nos venimos ocupando, tenía este hombre amistad antigua: ambos habían corrido juntos multitud de aventuras, y sin separarse navegaron por los revueltos golfos del periodismo hasta encallar en los arrecifes de una oficina, de donde no tardó en arrojarlos un cambio ministerial, y se embarcaron de nuevo en la prensa en busca de posición social. Comunicábanse sus desgracias y placeres, partiendo unos y otros fraternalmente, y se ayudaban en sus respectivas crisis financieras, haciéndose mutuos empréstitos, y girando el uno contra el otro cuantiosas letras, a pagar noventa días después del Juicio final. El lúgubre, principalmente, era un gran Ministro de Hacienda, y resolvía todos sus apuros por medio de grandes acometidas al bolsillo del joven escritor, que tenía, entre otras cualidades, la de despreciar las vanas riquezas.

En cambio de estos servicios, el *sepulturero* ayudaba en sus amores al escritor, que era por extremo sensible, idealista de la clase más anticuada, si bien esto se compensaba por su habilidad en escribir billetes amorosos, manifestación literaria a que solo sus artículos políticos podían igualarse. También se consagraba el otro a tales entretenimientos; pero en su calidad de gran financiero, jamás le pasó por las mientes, como al escritorcillo, la insensata idea de casarse.

—Vengo a ponerte sobre aviso —dijo con su hueca, apagada y profunda voz el lúgubre—. Ha llegado.

Los dos amigos eran asiduos concurrentes a la ópera, y solían amenizar sus conversaciones con los cantos y romanzas de que tenían llena la cabeza; y a veces, cuando en el diálogo encajaba bien, soltaban algún recitativo. Por eso cuando el lúgubre dijo: *Ha venido*, el periodista cantó con afectación de sobresalto:

—*¿L'incógnito amante della Rossina?*

—*Apunto quello* —contestó el otro.

—¡Qué contrariedad! ¿Pues no decían que ese hombre no vendría, que había ya renunciado a sus proyectos de matrimonio? ¿No estaban, lo mismo Juanita que su madre, convencidas de que la familia de ese gaznápiro no podía consentir en semejante boda?

—Ahí verás. Él se ha escapado de su casa y dice que viene resuelto a dar su blanca mano. Ya sabes que la pécora de Doña Lorenza bebe los vientos por atraparle, porque parece ha de heredar cuando muera su tía, el título de Marqués de los Cuatro Vientos. Es rico: Doña Lorenza sabe de memoria el número de carneros, bueyes y asnos que posee en sus dehesas *il tuo rivale*, y está loca de contento. Si no casa a su hija con él, creo que revienta.

—¡Pero Juanita, Juanita! —exclamó el escritor, mirando al techo—. Juanita no puede ceder a las despóticas exigencias de esa tarasca de su madre.

—*La ragazza* te quiere; pero si su madre se emperra en que no, y que no ... Yo creo que de esta vez te quedas con tres palmos de narices. Cuando todas las contrariedades estaban allanadas, viene ese antiguo pretendiente, que si no agrada a la hija, agrada a la mamá, y esto basta. *¡Poverino!*

—¡Quita allá!... yo no lo puedo creer. La chica se resistirá; ha jurado no tener más esposo que yo.

—Sí. Pero tanto la sermonean... La madre es una rata de Iglesia; frecuentan su casa, como sabes, multitud de clérigos que, según dicen, le tienen trastornado el juicio. Le han llevado el cuento de que tú eres un revolucionario impío; que insultas a Dios y a la Virgen en tus artículos; que estás excomulgado, y que debes de tener rabo, como los judíos. Doña Lorenza, que oye siete misas al día y se confiesa dos veces por semana, te detesta como si fueras el mismo Judas. Ella infundirá este odio a su niña, haciéndole creer que eres descendiente de Caifás, y que se va a condenar si se casa contigo.

—¡Monstruoso, inconcebible!

—Esa familia, chico, es la madriguera del oscurantismo. ¡Qué rancias ideas y costumbres! En vano un espíritu fuerte, como Juanita, se esfuerza en romper los nudos de la tutela estúpida con que se la quiere oprimir. Tendrá que dejarte, y se casará con ese alcornoque, a quien los clérigos y beatas que pululan en aquella casa, elogian sin cesar, encomiando sus virtudes, su religiosidad, su grande amor a la causa carlista y sus inmensos ganados.

—¡Maldito sea el fariseísmo! —exclamó el otro, indignado contra la teocracia que así se introduce en el seno de las familias para torcer los más nobles propósitos y amoldarlos a fines mundanos.

Desahogaba su ira en furibundos apóstrofes, anatemas y dicterios, golpeando la mesa, lívido y descompuesto, cuando sintióse ruido de pasos y apareció la fatídica estampa del mozo de la imprenta, que volvía en busca del comenzado fondo.

—¡El artículo! —suspiró nuestro escritor, echando mano a las cuartillas, mojando la pluma con detestable humor y echando pestes contra todos los periódicos y todos los clérigos del orbe.

Pasados algunos segundos, pudo fijar sus ideas, y continuó su interrumpida obra del modo siguiente:

«Meditemos. Si bien es cierto que el Gobierno tiene la misión de velar por la conservación y prestigio de los principios morales y religiosos, también está fuera de toda duda que el más grave error en que pueden incurrir los poderes públicos es apegarse demasiado a las instituciones pasadas, protegiendo la teocracia y permitiendo que los apóstoles del oscurantismo extiendan su hipócrita y solapado dominio a toda la sociedad. ¡Oh! la más espantosa lepra de las naciones es esa masonería clerical, que, ansiando allegar para su causa mundada toda clase de recursos, no vacila en apoderarse de la voluntad de las mujeres indoctas y tímidas para entronizarse mañosamente en las familias, organizarlas a su manera, intervenir en sus actos más secretos, atar y desatar sus vínculos, y crear de este modo un influjo universal que, a poco de extendido, no podrá destruirse sino con una sangrienta hecatombe. ¡Ah! ¡oh! ¡les conocemos bien!

«¿No es notorio para todo el mundo que el actual Gabinete lejos de oponerse a tan grave mal, hace cuanto está en su mano para que tome proporciones? ¿No estamos viendo que los órganos del oscurantismo aplauden todos los actos del Gobierno, y que existe un pacto tácito entre la teocracia y el poder, una comunidad de aspiraciones tal, que parecen confundirse los poderes eclesiástico y civil, cual si viviéramos en los tiempos del más brutal absolutismo? ¡Ah! ¡Es preciso ya decir la verdad al país! ¡Oh! ¡Es preciso hablar muy alto y poner las cosas en su lugar, exigiendo la responsabilidad a quien realmente la tenga!»

Aquí se paró el escritor, mil veces desdichado, porque se le acabaron las ideas; y no pudo *decirla verdad al país*, porque su imaginación no se apartaba de Juanita, de la impertinente y mojigata mamá, de los clerizontes y monagos que influían en la casa, de los carneros, bueyes, cabras y asnos del futuro Marqués de los Cuatro Vientos.

IV

Aprovechándose de este intermedio, trató el lúgubre de entablar de nuevo el consabido palique.

—Pero la situación no es desesperada —dijo—. Con ingenio puedes vencer y dejar a ese señor de las vacas y carneros con un palmo de boca abierta.

—Si yo pudiera... *Le mié nozze colei meglio a affretare.*

—*Io dentr' oggi a finir vo questo affare...* Mira, tengo un plan... ¿Sabes que me comprometería a arreglar el asunto empleando ciertos medios...?

—A ver, ¿qué plan, qué medios son esos? Cualesquiera que sean, ponlos en práctica inmediatamente. Tú eres hombre de ingenio.

—Pero no basta el ingenio —dijo el lúgubre.

—Para ello es preciso otra cosa ... es necesario dinero.

—¡Dinero! *¡Dovizie!* ¿Pero que papel va a hacer aquí el dichoso dinero?

—Eso lo veremos. Es un plan vasto y difícil de explicar ahora.

—¿Pero se trata de raptos, escalamientos, sobornos? Todo eso está muy bien en las novelas de a cuarto la entrega.

—No es nada de eso. Tú has de ser el principal actor en esta trama que preparo... Es preciso que me des *guita* y te sometas a cuanto yo te mande.

—En cuanto a lo segundo, no veo inconveniente ninguno; lo primero es mucho más difícil, por una razón muy sencilla...

—Si no se tiene, se busca.

—¡Se busca! *¿e dove, sciagurato?* Pero explícame tus planes... Ya me figuro... ¿Quieres hacerme pasar por rico...? Hombre, tiene gracia.

—Tú dame el *cumquibus* y cállate. No es preciso mucho: basta con unos cuantos miles de reales, cinco o seis mil.

—¡Cinco o seis mil! ¡Anda, anda! ¡Si tú supieras cuál es la situación del tesoro! Chico, yo pensaba pedirte para una cajetilla.

—Pero, hombre, busca bien —dijo el gran financiero con expresión de angustia, que indicaba lo triste que era para él hallar tan vacío el bolsillo del contribuyente—. ¡Y yo que necesitaba ahora un pico...! nada más que un piquito.

—¡Piquitos a mí!

—Es una gran contrariedad que te halles en tal situación —dijo el lúgubre en tono de responso—. Yo que contaba... Además me había propuesto sacarte en bien de la aventura y hacer que Doña Lorenza plantara en la calle al de los Cuatro Vientos, para que tu Juanita...

—¡Maldita sea tu estampa y mi miseria! —exclamó el articulista con desesperación—. Cuando uno se propone un fin noble y elevado, como es el del matrimonio, y no puede conseguirlo a causa de un cochino déficit, reniega de la existencia y...

No pudo concluir la frase, porque ante sus ojos se presentó un espectro que avanzaba lentamente, con expresión siniestra y aterradora. Aquel fantasma era el monstruo tipográfico, horrible caricatura de Gutenberg, que puntual como el diablo cuando suena la hora de llevarse su alma, venía en busca del condenado artículo.

—¡El artículo! ¡Mal rayo me parta! ¡Es preciso acabarlo!

Y devorado por la ansiedad, trémulo y medio loco, trincó la pluma y ¡hala!

«Fácil es comprender, escribió, que esta situación no puede prolongarse mucho, por el aflictivo estado de la Hacienda. Los apuros del Erario son tales, que se nos llena el corazón de tristeza cuando hacemos un examen detenido de las rentas públicas. Los ingresos disminuyen de un modo aterrador; aumentan los gastos. Todas las corporaciones carecen de lo más necesario para cubrir sus atenciones. La miseria cunde por todas partes, y el ánimo se abate al considerar nuestra situación. Nos es imposible aspirar a nobles fines, porque en la vida moderna nada puede lograrse; todas las mejoras materiales y morales son ilusorias cuando el Estado se halla próximo a una vergonzosa ruina. ¡Ah! Es preciso llamar sobre esto la atención del país. El Tesoro público está exhausto. La situación es angustiosa, insostenible, desesperada. ¡Oh! Hay que exigir la responsabilidad a quien corresponda apartando de la gestión de los negocios públicos a los hombres funestos...»

No pudo seguir, porque su amigo, que se había asomado al balcón mientras él escribía, le llamaba con grandes voces.

—¡Ven, ven ... *eccola*! Por la calle pasa *la ragazza* con Doña Lorenza y el futuro Marquesito. ¡*Oh terrible momento*!

El desdichado escritor levantóse de su asiento, tiró papel y plumas, sin cuidarse de que *aquellos hombres funestos* siguieran o no encargados de la gestión de los negocios públicos.

Los dos fijaron la vista con ansiosa curiosidad en un grupo que por la calle iba, compuesto de tres personas, a saber: una vieja por extremo tiesa y con un aire presuntuoso que indicaba su adoración de todas las cosas tradicionales y venerandas; una joven, de cuya hermosura no podían tenerse bastantes datos desde el balcón, si bien no era difícil apreciar la esbeltez de su cuerpo, su andar airoso y su traje, en que la elegancia y la modestia habían conseguido hermanarse; y por ultimo, un mozalbete, cuyo semblante no era fácil distinguir, pues solo se veía algo de patillas, su poco de lentes y unas miajas de nariz.

El desesperado articulista estuvo a punto de gritar, de arrojar el objeto que hallara más a mano sobre la inocente pareja que cruzaba la calle. Púsose lívido al notar que se hablaban con una confianza parecida a la intimidad, y hasta le pareció escuchar algunas tiernas y conmovedoras frases. Apretó los puños y echó por aquella boca sapos y culebras, apartándose del balcón por no presenciar más tiempo un espectáculo que le enloquecía. Al volverse, su mirada se cruzó con la mirada del bruto de la imprenta, que inmóvil en medio de la sala, más feo, más horrible y siniestro que nunca, reclamaba las nefandas cuartillas. ¡Nada, nada, a rematar el artículo! Ciego de furor, pálido como la muerte, trémulo, y con extraviados ojos, se sentó, tomó la pluma y salpicando a diestra y siniestra grandes manchurrones de tinta, acribillando el papel con los picotazos de la pluma, enjaretó lo siguiente:

«Sí: hay que apartar de la gestión de los negocios públicos a esos hombres funestos, que han usurpado el poder de una manera nunca vista en los anales de la ambición; a esos hombres inmorales, que han extendido a todas las esferas administrativas sus viciosas costumbres; a esos hombres que escarnecen al país con sus improvisadas fortunas. Todo el mundo ve con indignación los abusos, la audacia, el cinismo de tales hombres, y nosotros participamos de esa patriótica indignación. ¡Oh! no podemos contenernos. Señalamos a la execración de todas las gentes honradas a esos Ministros funestos e inmorales —lo repetimos sin cesar— que han traído a nuestra patria al estado en que hoy se halla, irritando los ánimos y estableciendo en todo el país el reinado de la desconfianza, del miedo, de la cólera, de la venganza. Sí: ¡¡castigo, venganza!! he aquí las palabras que sintetizan la aspiración nacional en el actual momento histórico.»

Hubiera seguido desahogando las hieles de su alma, si alguien no le interrumpiera inopinadamente en aquel crítico momento histórico, entregándole una carta, cuyo sobre, escrito por mano femenina, le produjo extraordinaria conmoción. Abrióla con frenesí, rasgando el papel, y leyó lo que sigue, trazado con lápiz, apresuradamente:

«No puedo pintar mi martirio desde que este alcornoque de los Cuatro Vientos ha venido de Extremadura, con la pretensión de casarse conmigo. Mamá es *partidaria de esta solución*, como tu dices; pero yo me mantengo y me mantendré siempre en la más resuelta oposición. Nada ni nadie me hará desistir, tontín, y yo te respondo que mi *actitud*, ¡vivan las actitudes! será tan firme, que ha de causarte admiración. El suplicio de tener que oír las simplezas y ver el antipático semblante de Cuatro Vientos me dará fuerza para resistir al *sistema arbitrario y a las medidas preventivas* de mamá.»

La alegría del autor fue tan grande en aquel *momento histórico*, que por poco se desmaya en los brazos de su amigo. Recobró repentinamente su buen humor, volviendo los colores a su rostro demacrado. Pero la presencia del siniestro gañán de la imprenta, que inmóvil permanecía en medio de la sala, le hizo comprender la necesidad de concluir su obra, que reclamaban con furor los irritados cajistas y el inexorable regente. Tomó la pluma, y con facilidad notoria terminó de esta manera.

«Pero en honor de la verdad, y penetrándonos de un alto espíritu de imparcialidad, deponiendo pasiones bastardas y hablando el lenguaje de la más estricta justicia, debemos decir que no tiene el Gobierno toda la culpa de lo que hoy pasa. Sería obcecación negarle el buen deseo y la aspiración al acierto. ¡Ah! Su gestión tropieza con los obstáculos que la insensata oposición de los partidos revolucionarios hace de continuo; y los males que sufre el país no proceden, por lo general, de las altas regiones. Todos los Ministros tienen muchísimo talento, y se inspiran ¿a qué negarlo? en el más puro patriotismo. ¡Ah! nuestro deber es excitar a todo el mundo para que, por medio de hábiles transacciones, por medio de sabios temperamentos, puedan el pueblo y el poder hermanarse, inaugurando la serie de felicidades, de inefables dichas, de prosperidades sin cuento que la Providencia nos destina.»

Madrid, Abril de 1872.

La mula y el buey. Cuento de Navidad

I

Cesó de quejarse la pobrecita; movió la cabeza, fijando los tristes ojos en las personas que rodeaban su lecho; extinguióse poco a poco su aliento, y expiró. El Ángel de la Guarda, dando un suspiro, alzó el vuelo y se fue.

La infeliz madre no creía tanta desventura; pero el lindísimo rostro de Celinina se fue poniendo amarillo y diáfano como cera; enfriáronse sus miembros, y quedó rígida y dura como el cuerpo de una muñeca. Entonces llevaron fuera de la alcoba a la madre, al padre y a los más inmediatos parientes, y dos o tres amigas y las criadas se ocuparon en cumplir el último deber con la pobre niña muerta.

La vistieron con riquísimo traje de batista, la falda blanca y ligera como una nube, toda llena de encajes y rizos que la asemejaban a espuma. Pusiéronle los zapatos, blancos también y apenas ligeramente gastada la suela, señal de haber dado pocos pasos, y después tejieron, con sus admirables cabellos de color castaño oscuro, graciosas trenzas enlazadas con cintas azules. Buscaron flores naturales; mas no hallándolas, por ser tan impropia de ellas la estación, tejieron una linda corona con flores de tela, escogiendo las más bonitas y las que más se parecían a verdaderas rosas frescas traídas del jardín.

Un hombre antipático trajo una caja algo mayor que la de un violín, forrada de seda azul con galones de plata, y por dentro guarnecida de raso blanco. Colocaron dentro a Celinina, sosteniendo su cabeza en preciosa y blanda almohada, para que no estuviese en postura violenta, y después que la acomodaron bien en su fúnebre lecho, cruzaron sus manecitas, atándolas con una cinta, y entre ellas pusiéronle un ramo de rosas blancas, tan hábilmente hechas por el artista, que parecían hijas del mismo Abril.

Luego las mujeres aquellas cubrieron de vistosos paños una mesa, arreglándola como un altar, y sobre ella fue colocada la caja. En breve tiempo armaron unos al modo de doseles de iglesia, con ricas cortinas blancas, que se recogían gallardamente a un lado y otro; trajeron de otras piezas cantidad de santos e imágenes, que ordenadamente distribuyeron sobre el altar, como formando la corte funeraria del ángel difunto, y, sin pérdida de tiempo, encendieron algunas docenas de luces en los grandes candelabros de la sala, los cuales, en torno a Celinina, derramaban tristísimas claridades. Después de besar repetidas veces las heladas mejillas de la pobre niña, dieron por terminada su piadosa obra.

II

Allá, en lo más hondo de la casa, sonaban gemidos de hombres y mujeres. Era el triste lamentar de los padres, que no podían convencerse de la verdad del aforismo *angelitos al cielo*, que los amigos administran como calmante moral en tales trances. Los padres creían entonces que la verdadera y más propia morada de los angelitos es la tierra; y tampoco podían admitir la teoría de que es mucho más lamentable y desastrosa la muerte de los grandes que la de los pequeños. Sentían, mezclada a su dolor, la profundísima lástima que inspira la agonía de un niño, y no comprendían que ninguna pena superase a aquélla que destrozaba sus entrañas.

Mil recuerdos e imágenes dolorosas les herían, tomando forma de agudísimos puñales que les traspasaban el corazón. La madre oía sin cesar la encantadora media lengua de Celinina, diciendo las cosas al revés, y haciendo de las palabras de nuestro idioma graciosas caricaturas filológicas que afluían de su linda boca como la música más tierna que puede conmover el corazón de una madre. Nada caracteriza a un niño como su estilo, aquel genuino modo de expresarse y decirlo todo con cuatro letras, y aquella gramática prehistórica, como los primeros vagidos de la palabra en los albores de la humanidad, y su sencillo arte de declinar y conjugar, que parece la rectificación inocente de los idiomas regularizados por el uso. El vocabulario de un niño de tres años, como Celinina, constituye el verdadero tesoro literario de las familias. ¿Cómo había de olvidar la madre aquella lengüecita de trapo, que llamaba al sombrero *tumeyo* y al garbanzo *babancho*?

Para colmo de aflicción, vio la buena señora por todas partes los objetos con que Celinina había alborozado sus últimos días; y como éstos eran los que preceden a Navidad, rodaban por el suelo pavos de barro con patas de alambre; un San José sin manos; un pesebre con el Niño Dios, semejante a una bolita de color de rosa; un Rey Mago montado en arrogante camello sin cabeza. Lo que habían padecido aquellas pobres figuras en los últimos días, arrastradas de aquí para allí, puestas en ésta o en la otra forma, solo Dios, la mamá y el purísimo espíritu que había volado al cielo lo sabían.

Estaban las rotas esculturas impregnadas, digámoslo así, del alma de Celinina, o vestidas, si se quiere, de una singular claridad muy triste, que era la claridad de ella. La pobre madre, al mirarlas, temblaba toda, sintiéndose herida en lo más delicado y sensible de su íntimo ser. ¡Extraña alianza de las cosas! ¡Cómo lloraban aquellos pedazos de barro! ¡Llenos parecían de una aflicción intensa, y tan doloridos, que su vista sola producía tanta amargura como el espectáculo de la misma criatura moribunda, cuando miraba con suplicantes ojos a sus padres y les pedía que le quitasen aquel horrible dolor de su frente abrasada! La más triste cosa del mundo era para la madre aquel pavo con patas de alambre clavadas en tablilla de barro, y que en sus frecuentes cambios de postura había perdido el pico y el moco.

III

Pero si era aflictiva la situación de espíritu de la madre, éralo mucho más la del padre. Aquélla estaba traspasada de dolor; en éste, el dolor se agravaba con un remordimiento agudísimo. Contaremos brevemente el peregrino caso advirtiendo que esto quizás parecerá en extremo pueril a algunos, pero a los que tal crean, les recordaremos que nada es tan ocasionado a puerilidades como un íntimo y puro dolor, de esos en que no existe mezcla alguna de intereses de la tierra, ni el desconsuelo secundario del egoísmo no satisfecho.

Desde que Celinina cayó enferma, sintió el afán de las poéticas fiestas que más alegran a los niños: las fiestas de Navidad. Ya se sabe con cuánta ansia desean la llegada de estos risueños días, y cómo les trastorna el febril anhelo de los regalitos, de los nacimientos, y las esperanzas del mucho comer y del atracarse de pavo, mazapán, peladillas y turrón. Algunos se creen capaces, con la mayor ingenuidad, de embuchar en sus estómagos cuanto ostentan la Plaza Mayor y calles adyacentes.

Celinina, en sus ratos de mejoría, no dejaba de la boca el tema de la Pascua; y como sus primitos, que iban a acompañarla, eran de más edad y sabían cuanto hay que saber en punto a regalos y nacimientos, se alborotaba más la fantasía de la pobre niña oyéndoles, y más se encendían sus afanes de poseer golosinas y juguetes. Delirando, cuando la metía en su horno de martirios la fiebre, no cesaba de nombrar lo que de tal modo ocupaba su espíritu, y todo era golpear tambores, tañer zambombas, cantar villancicos. En la esfera tenebrosa que rodeaba su mente, no había sino pavos haciendo *clau clau*; pollos que gritaban *pío pío*; montes de turrón que llegaban al cielo formando un Guadarrama de almendras; nacimientos llenos de luces y que tenían lo menos cincuenta mil millones de figuras; ramos de dulce, árboles cargados de cuantos juguetes puede idear la más fecunda imaginación tirolesa; el estanque del Retiro lleno de sopa de almendras; besugos que miraban a las cocineras con sus ojos cuajados, naranjas que llovían del cielo, cayendo en más abundancia que las gotas de agua en día de temporal, y otros mil prodigios que no tienen número ni medida.

IV

El padre, por no tener más chicos que Celinina, no cabía en sí de inquieto y desasosegado. Sus negocios le llamaban fuera de la casa; pero muy a menudo entraba en ella para ver como iba la enfermita. El mal seguía su marcha con alternativas traidoras: unas veces dando esperanzas de remedio, otras quitándolas.

El buen hombre tenía presentimientos tristes. El lecho de Celinina, con la tierna persona agobiada en él por la fiebre y los dolores, no se apartaba de su imaginación. Atento a lo que pudiera contribuir a regocijar el espíritu de la niña, todas las noches, cuando regresaba a la casa, le traía algún regalito de Pascua, variando siempre de objeto y especie, pero prescindiendo siempre de toda golosina. Trájole un día una manada de pavos, tan al vivo hechos, que no les faltaba más que graznar; otro día sacó de sus bolsillos la mitad de la Sacra Familia, y al siguiente a San José con el pesebre y portal de Belén. Después vino con unas preciosas ovejas, a quien conducían gallardos pastores, y luego se hizo acompañar de unas lavanderas que lavaban, y de un choricero que vendía chorizos, y de un Rey Mago negro, al cual sucedió otro de barba blanca y corona de oro. Por traer, hasta trajo una vieja que daba azotes en cierta parte a un chico por no saber la lección.

Conocedora Celinina, por lo que charlaban sus primos, de todo lo necesario a la buena composición de un nacimiento, conoció que aquella obra estaba incompleta por la falta de dos figuras muy principales: la mula y el buey. Ella no sabía lo que significaba la tal mula ni el tal buey; pero atenta a que todas las cosas fuesen perfectas, reclamó una y otra vez del solícito padre el par de animales que se había quedado en Santa Cruz.

Él prometió traerlos, y en su corazón hizo propósito firmísimo de no volver sin ambas bestias; pero aquel día, que era el 23, los asuntos y quehaceres se le aumentaron de tal modo, que no tuvo un punto de reposo. Además de esto, quiso el Cielo que se sacase la lotería, que tuviera noticia de haber ganado un pleito, que dos amigos cariñosos le embarazaran toda la mañana ... en fin, el padre entró en la casa sin la mula, pero también sin el buey.

Gran desconsuelo mostró Celinina al ver que no venían a completar su tesoro las dos únicas joyas que en él faltaban. El padre quise al punto remediar su falta; mas la nena se había agravado considerablemente durante el día; vino el médico, y como sus palabras no eran tranquilizadoras, nadie pensó en bueyes, mas tampoco en mulas.

El 24 resolvió el pobre señor no moverse de la casa. Celinina tuvo por breve rato un alivio tan patente, que todos concibieron esperanzas, y lleno de alegría, dijo el padre: «Voy al punto a buscar eso.»

Pero como cae rápidamente un ave herida al remontar el vuelo a lo más alto, así cayó Celinina en las honduras de una fiebre muy intensa. Se agitaba trémula y sofocada en los brazos ardientes de la enfermedad, que la constreñía sacudiéndola para expulsar la vida. En la confusión de su delirio, y sobre el revuelto oleaje de su pensamiento, flotaba, como el único objeto salvado de un cataclismo, la idea fija del deseo que no había sido satisfecho; de aquella codicia da mula y de aquel suspirado buey, que aún proseguían en estado de esperanza.

El papá salió medio loco, corrió por las calles; pero en mitad de una de ellas se detuvo y dijo: «¿Quién piensa ahora en figuras de nacimiento?»

Y corriendo de aquí para allí, subió escaleras, y tocó campanillas, y abrió puertas sin reposar un instante, hasta que hubo juntado siete u ocho médicos, y les llevó a su casa. Era preciso salvar a Celinina.

V

Pero Dios no quiso que los siete u ocho (pues la cifra no se sabe a punto fijo) alumnos de Esculapio contraviniesen la sentencia que él había dado, y Celinina fue cayendo, cayendo más a cada hora, y llegó a estar abatida, abrasada, luchando con indescriptibles congojas, como la mariposa que ha sido golpeada y tiembla sobre el suelo con las alas rotas. Los padres se inclinaban junto a ella con afán insensato, cual si quisieran con la sola fuerza del mirar detener aquella existencia que se iba, suspender la rápida desorganización humana, y con su aliento renovar el aliento de la pobre mártir que se desvanecía en un suspiro.

Sonaron en la calle tambores y zambombas y alegre chasquido de panderos. Celinina abrió los ojos, que ya parecían cerrados para siempre; miró a su padre, y con la mirada tan solo y un grave murmullo que no parecía venir ya de lenguas de este mundo, pidió a su padre lo que éste no había querido traerle. Traspasados de dolor padre y madre, quisieron engañarla, para que tuviese una alegría en aquel instante de suprema aflicción, y presentándole los pavos, le dijeron—: «Mira, hija de mi alma, aquí tienes la mulita y el bueyecito.»

Pero Celinina, aun acabándose, tuvo suficiente claridad en su entendimiento para ver que los pavos no eran otra cosa que pavos, y los rechazó con agraciado gesto. Después siguió con la vista fija en sus padres, y ambas manos en la cabeza señalando sus agudos dolores. Poco a poco fue extinguiéndose en ella aquel acompasado son, que es el último vibrar de la vida, y al fin todo calló, como calla la máquina del reloj que se para; y la linda Celinina fue un gracioso bulto, inerte y frío como mármol, blanco y transparente como la purificada cera que arde en los altares.

¿Se comprende ahora el remordimiento del padre? Porque Celinina tornara a la vida, hubiera él recorrido la tierra entera para recoger todos los bueyes y todas, absolutamente todas las mulas que en ella hay. La idea de no haber satisfecho aquel inocente deseo era la espada más aguda y fría que traspasaba su corazón. En vano con el raciocinio quería arrancársela; pero ¿de qué servía la razón, si era tan niño entonces como la que dormía en el ataúd, y daba más importancia a un juguete que a todas las cosas de la tierra y del cielo?

VI

En la casa se apagaron al fin los rumores de la desesperación, como si el dolor, internándose en el alma, que es su morada propia, cerrara las puertas de los sentidos para estar más solo y recrearse en sí mismo.

Era Noche-Buena, y si todo callaba en la triste vivienda recién visitada de la muerte, fuera, en las calles de la ciudad, y en todas las demás casas, resonaban placenteras bullangas de groseros instrumentos músicos, y vocería de chiquillos y adultos cantando la venida del Mesías. Desde la sala donde estaba la niña difunta, las piadosas mujeres que le hacían compañía oyeron espantosa algazara, que al través del pavimento del piso superior llegaba hasta ellas, conturbándolas en su pena y devoto recogimiento. Allá arriba, muchos niños chicos, congregados con mayor número de niños grandes y felices papás y alborozados tíos y tías, celebraban la Pascua, locos de alegría ante el más admirable nacimiento que era dado imaginar, y atentos al fruto de juguetes y dulces que en sus ramas llevaba un frondoso árbol con mil vistosas candilejas alumbrado.

Hubo momentos en que con el grande estrépito de arriba, parecía que retemblaba el techo de la sala, y que la pobre muerta se estremecía en su caja azul, y que las luces todas oscilaban, cual si, a su manera, quisieran dar a entender también que estaban algo peneques. De las tres mujeres que velaban, se retiraron dos; quedó una sola, y ésta, sintiendo en su cabeza grandísimo peso, a causa sin duda del cansancio producido por tantas vigilias, tocó el pecho con la barba y se durmió.

Las luces siguieron oscilando y moviéndose mucho, a pesar de que no entraba aire en la habitación. Creeríase que invisibles alas se agitaban en el espacio ocupado por el altar. Los encajes del vestido de Celinina se movieron también, y las hojas de sus flores de trapo anunciaban el paso de una brisa juguetona o de manos muy suaves. Entonces Celinina abrió los ojos.

Sus ojos negros llenaron la sala con una mirada viva y afanosa que echaron en derredor y de arriba abajo. Inmediatamente después, separó las manos sin que opusiera resistencia la cinta que las ataba, y cerrando ambos puños se frotó con ellos los ojos, como es costumbre en los niños al despertarse. Luego se incorporó con rápido movimiento, sin esfuerzo alguno, y mirando al techo, se echó a reír; pero su risa, sensible a la vista, no podía oírse. El único rumor que fácilmente se percibió era una bullanga de alas vivamente agitadas, cual si todas las palomas del mundo estuvieran entrando y saliendo en la sala mortuoria y rozaran con sus plumas el techo y las paredes.

Celinina se puso en pie, extendió los brazos hacia arriba, y al punto le nacieron unas alitas cortas y blancas. Batiendo con ellas el aire, levantó el vuelo y desapareció.

Todo continuaba lo mismo: las luces ardiendo, derramando en copiosos chorros la blanca cera sobre las arandelas; las imágenes en el propio sitio, sin mover brazo ni pierna ni desplegar sus austeros labios; la mujer sumida plácidamente en un sueño que debía saberle a gloria; todo seguía lo mismo, menos la caja azul, que se había quedado vacía.

VII

¡Hermosa fiesta la de esta noche en casa de los señores de •••!

Los tambores atruenan la sala. No hay quien haga comprender a esos endiablados chicos que se divertirán más renunciando a la infernal bulla de aquel instrumento de guerra. Para que ningún humano oído quede en estado de funcionar al día siguiente, añaden al tambor esa invención del Averno, llamada zambomba, cuyo ruido semeja a gruñidos de Satanás. Completa la sinfonía el pandero, cuyo atroz chirrido de calderetería vieja alborota los nervios más tranquilos. Y sin embargo, esta discorde algazara sin melodía y sin ritmo, más primitiva que la música de los salvajes, es alegre en aquesta singular noche, y tiene cierto sonsonete lejano de coro celestial.

El Nacimiento no es una obra de arte a los ojos de los adultos; pero los chicos encuentran tanta belleza en las figuras, expresión tan mística en el semblante de todas ellas, y propiedad tanta en sus trajes, que no creen haya salido de manos de los hombres obra más perfecta, y la atribuyen a la industria peculiar de ciertos ángeles dedicados a ganarse la vida trabajando en barro. El portal de corcho, imitando un arco romano en ruinas, es monísimo, y el riachuelo representado por un espejillo con manchas verdes que remedan acuáticas yerbas y el musgo de las márgenes, parece que corre por la mesa adelante con plácido murmurio. El puente por donde pasan los pastores es tal, que nunca se ha visto el cartón tan semejante a la piedra; al contrario de lo que pasa en muchas obras de nuestros ingenieros modernos, los cuales hacen puentes de piedra que parecen de cartón. El monte que ocupa el centro se confundiría con un pedazo de los Pirineos, y sus lindas casitas, más pequeñas que las figuras, y sus árboles figurados con ramitas de evónimus, dejan atrás a la misma Naturaleza.

En el llano es donde está lo más bello y las figuras más características: las lavanderas que lavan en el arroyo; los paveros y polleros conduciendo sus manadas; un guardia civil que lleva dos granujas presos; caballeros que pasean en lujosas carretelas junto al camello de un Rey Mago, y Perico el ciego tocando la guitarra en un corrillo donde curiosean los pastores que han vuelto del Portal. Por medio a medio, pasa un tranvía lo mismito que el del barrio Salamanca, y como tiene dos *rails* y sus ruedas, a cada instante le hacen correr de Oriente a Occidente con gran asombro del Rey Negro, que no sabe qué endiablada máquina es aquella.

Delante del Portal hay una lindísima plazoleta, cuyo centro lo ocupa una redoma de peces, y no lejos de allí vende un chico *La Correspondencia*, y bailan gentilmente dos majos. La vieja que vende buñuelos y la castañera de la esquina son las piezas más graciosas de este maravilloso pueblo de barro, y ellas solas atraen con preferencia las miradas de la infantil muchedumbre. Sobre todo, aquel chicuelo andrajoso que en una mano tiene un billete de lotería, y con la otra le roba bonitamente las castañas del cesto a la tía Lambrijas, hace desternillar de risa a todos.

En suma: el Nacimiento *número uno* de Madrid es el de aquella casa, una de las más principales, y ha reunido en sus salones a los niños más lindos y más juiciosos de veinte calles a la redonda.

VIII

Pues ¿y el árbol? Está formado de ramas de encina y cedro. El solícito amigo de la casa que lo ha compuesto con gran trabajo, declara que jamás salió de sus manos obra tan acabada y perfecta. No se pueden contar los regalos pendientes de sus hojas. Son, según la suposición de un chiquitín allí presente, en mayor número que las arenas del mar. Dulces envueltos en cáscaras de papel rizado; mandarinas, que son los niños de pecho de las naranjas; castañas arropadas en mantillas de papel de plata; cajitas que contienen glóbulos de confitería homeopática; figurillas diversas a pie y a caballo: cuanto Dios crió para que lo perfeccionase luego la Mahonesa o lo vendiese Scropp, ha sido puesto allí por una mano tan generosa como hábil. Alumbraban aquel árbol de la vida candilejas en tal abundancia, que, según la relación de un convidado de cuatro años, hay allí más lucecitas que estrellas en el cielo.

El gozo de la caterva infantil no puede compararse a ningún sentimiento humano: es el gozo inefable de los coros celestiales en presencia del Sumo Bien y de la Belleza Suma. La superabundancia de satisfacción casi les hace juiciosos, y están como perplejos, en seráfico arrobamiento, con todo el alma en los ojos, saboreando de antemano lo que han de comer, y nadando, como los ángeles bienaventurados, en éter puro de cosas dulces y deliciosas, en olor de flores y de canela, en la esencia increada del juego y de la golosina.

IX

Mas de repente sintieron un rumor que no provenía de ellos. Todos miraron al techo, y como no veían nada, se contemplaban los unos a los otros, riendo. Oíase gran murmullo de alas rozando contra la pared y chocando en el techo. Si estuvieran ciegos, habrían creído que todas las palomas de todos los palomares del universo se habían metido en la sala. Pero no veían nada, absolutamente nada.

Notaron, sí, de súbito, una cosa inexplicable y fenomenal. Todas las figurillas del Nacimiento se movieron, todas variaron de sitio sin ruido. El coche del tranvía subió a lo alto de los montes, y los Reyes se metieron de patas en el arroyo. Los pavos se colaron sin permiso dentro del Portal, y San José salió todo turbado, cual si quisiera saber el origen de tan rara confusión. Después, muchas figuras quedaron tendidas en el suelo. Si al principio las traslaciones se hicieron sin desorden, después se armó una baraúnda tal, que parecían andar por allí cien mil manos afanosas de revolverlo todo. Era un cataclismo universal en miniatura. El monte se venía abajo, faltándole sus cimientos seculares; el riachuelo variaba de curso, y echando fuera del cauce sus espejillos, inundaba espantosamente la llanura; las casas hundían el tejado en la arena; el Portal se estremecía cual si fuera combatido de horribles vientos, y como se apagaron muchas luces resultó nublado el Sol y oscurecidas las luminarias del día y de la noche.

Entre el estupor que tal fenómeno producía algunos pequeñuelos reían locamente y otros lloraban. Una vieja supersticiosa les dijo:

«¿No sabéis quién hace este trastorno? Hácenlo los niños muertos que están en el cielo, y los cuales permite Padre Dios, esta noche, que vengan a jugar con los Nacimientos.»

Todo aquello tuvo fin, y se sintió otra vez el batir de alas alejándose.

Acudieron muchos de los presentes a examinar los estragos, y un señor dijo:

«Es que se ha hundido la mesa y todas las figuras se han revuelto.»

Empezaron a recoger las figuras y a ponerlas en orden. Después del minucioso recuento y de reconocer una por una todas las piezas, se echó de menos algo. Buscaron y rebuscaron; pero sin resultado. Faltaban dos figuras: la Mula y el Buey.

X

Ya cercano el día, iban los alborotadores camino del cielo, más contentos que unas Pascuas, dando brincos por esas nubes, y eran millones de millones, todos preciosos, puros, divinos, con alas blancas y cortas que batían más rápidamente que los más veloces pájaros de la tierra. La bandada que formaban era más grande que cuanto pueden abarcar los ojos en el espacio visible, y cubría la Luna y las estrellas, como cuando el firmamento se llena de nubes.

«A prisa, a prisa, caballeritos, que va a ser de día —dijo uno—, y el Abuelo nos va a reñir si llegamos tarde. No valen nada los Nacimientos de este año... ¡Cuando uno recuerda aquellos tiempos...!»

Celinina iba con ellos, y como por primera vez andaba en aquellas altitudes, se atolondraba un poco.

«Ven acá —le dijo uno—, dame la mano y volarás más derecha... Pero ¿qué llevas ahí?

—Esto —repuso Celinina oprimiendo contra su pecho dos groseros animales de barro—. Son pa mí, pa mí.

—Mira, chiquilla, tira esos muñecos. Bien se conoce que sales ahora de la tierra. Has de saber que aunque en el Cielo tenemos juegos eternos; siempre deliciosos, el Abuelo nos manda al mundo esta noche para que enredemos un poco en los Nacimientos. Allá arriba se divierten también esta noche, y yo creo que nos mandan abajo por que les mareamos con el gran ruido que metemos... Pero si Padre Dios nos deja bajar y andar por las casas, es a condición de que no hemos de coger nada, y tú has afanado eso.»

Celinina no se hacía cargo de estas poderosas razones, y apretando más contra su pecho los dos animales, repitió:

—Pa mí, pa mí.

—Mira, tonta, —añadió el otro—, que si no haces caso nos vas a dar un disgusto. Baja en un vuelo, y deja eso, que es de la tierra y en la tierra debe quedar. En un momento vas y vuelves, tonta. Yo te espero en esta nube.»

Al fin Celinina cedió, y bajando, entregó a la tierra su hurto.

XI

Por eso observaron que el precioso cadáver de Celinina, aquello que fue su persona visible, tenía en las manos, en vez del ramo de flores, dos animalillos de barro. Ni las mujeres que la velaron, ni el padre, ni la madre, supieron explicarse esto; pero la linda niña, tan llorada de todos, entró en la tierra apretando en sus frías manecitas la Mula y el Buey.

Diciembre de 1876.

La pluma en el viento o el viaje de la vida
Poe...[1]

Introducción

Sobre el apelmazado suelo de un corral, entre un cascarón de huevo y una hoja de rábano, cerca del medio plato donde bebían los pollos y como a dos pulgadas del jaramago que se había nacido en aquel sitio sin pedir permiso a nadie, yacía una pequeña y ligerísima pluma, caída al parecer del cuello de cierta paloma vecina, que diez minutos antes se había dejado acariciar ¡oh femenil condescendencia! por un don Juan que hacía estragos en los tejados de aquellos contornos.

El corral era triste, feo y solitario. Desde donde estaba la pluma no se veía otra cosa que la copa de algunos castaños plantados fuera de la tapia; el campanario de la iglesia con su remate abollado, a manera de sombrero viejo; la vara enorme y deslucida de un chopo inválido y casi moribundo, y las tejas dé la casa adyacente, que en días de temporal regaban con abundante lloro el corral y la huerta. La vid, la zarza trepadora y la madreselva, apenas cubrían entre las tres toda la extensión de la tapia, erizada de vidrios rotos en su parte superior, que servía de baluarte inexpugnable contra zorras y chicuelos.

A esto se reducía el paisaje, amén del inmenso y siempre hermoso cielo, tan espléndido de día, como imponente y misterioso de noche.

La pluma (¿por qué no hemos de darle vida?) yacía, como dijimos, en compañía de varios objetos bastante innobles, propios del lugar, y constantemente expuesta a ser hollada por la bárbara planta de los gansos, de los pollos y aun de otros animalejos menos limpios y decentes que tenían habitación en algún lodazal cercano.

No hay para qué decir que la pluma debía de estar muy aburrida; pues suponiendo un alma en han delicado, aéreo y flexible cuerpo, la consecuencia es que esta alma no podía vivir contenta en el corral descrito. Por una misteriosa armonía entre los elementos constitutivos de aquel ser, si el cuerpo parecía un espectro de materia, el alma había sido creada para volar y remontarse a las alturas, elevándose a la mayor distancia, posible sobra el

---

1   Perdón ¡oh lector! iba a cometer la irreverencia de llamar a esto *poema*.

suelo, en cuyo fango jamás debieran tocar los encajes casi imperceptibles de su sutil vestidura. Para esto había nacido ciertamente; pero en ella, como en nosotros los hombres, la predestinación continuaba siendo una vana palabra. Estaba la pobre en el corral, lamentando su suerte, con la vista fija en el cielo, sin más distracción que ver agitados por el viento los blancos festones de su ropa inmaculada, y diciendo en la ignota lengua de las plumas: «No sé cómo aguanto esta vida fastidiosa. Más valdría cien veces morir.»

Otras muchas cosas igualmente tristes dijo; pero en el mismo instante una ráfaga de viento que puso en conmoción todas las pajas y objetos menudos arrojados en el corral, la suspendió, ¡oh inesperada alegría! alzándola sobre el suelo más de media vara. Por breve espacio de tiempo estuvo fluctuando de aquí para allí, amenazando caer unas veces y remontándose otras, con gran algazara de los pollos, quienes al ver aquella cosa blanca que se paseaba por los aires con tanta majestad, iban tras ella aguardándola en su caída, con la esperanza de que fuera algo de comer. Pero el viento sopló más recio, y haciendo un fuerte remolino en todo el recinto del corral, la sacó fuera velozmente. Cuando ella se vio más alta que la tapia, más alta que la casa, que los castaños, que la cúspide del chopo, tembló toda de entusiasmo y admiración. Allá arribita, el viento la meció, sosteniéndola sin violentas sacudidas: parecía balancearse en visible hamaca o en los brazos de algún cariñoso genio. Desde allí ¡qué espectáculo! Abajo el corral con sus inquietos pollos escarbando sin cesar; la huerta, la casa, los castaños, el chopo, ¡qué pequeño lo que antes parecía tan grande! Después, toda la extensión del hermoso valle poblado de casas, de árboles, de flores, de ganados; a lo lejos las montañas con sus laderas cubiertas de bosques, sus eminencias rojizas y azules y sus cúspides encaperuzadas con una blancura en la cual nuestra viajera creyó ver enormes montones de plumas, encima el cielo sin fin, el Sol de la mañana dando vivos colores a todo el paisaje, garabateando el agua con rayos de luz, produciendo temblorosos reflejos en el follaje de los olmos, y reverberando en las sementeras pajizas, salpicadas aquí y allí de manchas de amapolas. ¡Esto sí que se llama vivir! Tremenda cosa sería caer otra vez en el corral.

La pluma, en el colmo de su regocijo, no halló medio mejor de expresarlo que dando vueltas sobre su eje, para que se orearan bien sus miembros húmedos y ateridos: se bañó en el Sol y se esponjó, ahuecando con cierta vanidad los flecos diminutos de que se componía su cuerpo. El Sol penetraba por entre los mil intersticios de aquel encaje prodigioso, y nuestra viajera se vio vestida de hilos de cristal más tenues que los que tienden las arañas de rama en rama, y cubierta de diamantes, esmeraldas y rubíes que variaban de luces a cada movimiento, y tan menudos, que los granos de arena parecerían montañas a su lado.

Extender la vista por el valle, por las montañas, por el horizonte, y querer recorrerlo todo hasta el fin, fue en la pluma obra de un momento. Su estupor y alborozo no tenían límites, y si al pronto la sorpresa la mantuvo en aquella altura, divagando, sin apartarse de su situación primera, después serenada un poco y sintiendo en su pecho (?) el fuego del entusiasmo, se lanzó en el inmenso espacio, en brazos del geniecillo. Desaparecieron corral, casa, aldea; la torre de la iglesia, como gigante despavorido, caminaba también con grandes zancajos hasta perderse de vista. En la agitación de aquel vuelo vertiginoso, la pluma subía a veces a tanta altura, que apenas podía distinguir los objetos; otras descendía hasta rozar con la tierra, y contemplaba su imagen fugitiva en la superficie verdosa de los charcos. A veces se remontaba tanto, que parecía confundirse con las nubes y perderse en los inmensos océanos del espacio; a veces descendía tanto, que casi casi tocaba a la tierra, y en su lenguaje ignoto decía al viento: «Bájame un poco, amigo, que me mareo en estas alturas,» o «levántame por favor, amiguito, que voy a caer en ese lodazal.»

El viento, dócil vehículo, la subía y la bajaba según su deseo, andando siempre, y pasaban valles, ríos, montes, colinas, pueblos, sin parar nunca. En su viaje, la pluma no cesaba de admirar cuanto veía. Los pájaros pasaban cantando junto a ella; las mariposas se detenían, mirándola con asombro, no acertando a comprender si era cosa viva o un objeto arrastrado por el viento. Cuando iban cerca de tierra y pasaban rozando por encima de zarzales y plantas espinosas, creeríase que todas las púas se erizaban como garras para cogerla, y al volar por encima de un charco, los gansos de la orilla volvían de medio lado la cabeza mirándola, y con la esperanza de verla caer, corrían graznando tras ella: —«Súbeme, amiguito —gritaba—, para no oír a estos bárbaros».

Canto primero

Y subían hasta lo alto de la montaña; pasaban la divisoria, y recorrían otro valle, y así todo el camino, sin detenerse nunca. Tanto anduvieron que la pluma, sintiendo satisfecha su curiosidad, se arremolinó, dio varias vueltas sobre sí misma, y dijo al genio que la conducía:

«¿Sabes que hemos corrido bastante? ¿No convendría elegir sitio para descansar un rato? ¡Ay, amigo! Aunque deseaba salir del corral recorrer el mundo, puedes creer que lo que a mí me gusta es la vida tranquila y reposada. Por un instante pensé que la felicidad es volar de aquí para allí, viendo cosas distintas cada minuto, y recibiendo impresiones diferentes. Ya me voy convenciendo de que es mejor estarse una quietecita en un paraje que no sea tan feo como el corral, viviendo sin sobresalto ni peligro. Allí veo, cerca del río, unos grandes árboles, que me parecen el lugar más hermoso que hemos encontrado en nuestro viaje.»

Acercáronse y vieron, efectivamente, que a la sombra de aquellos árboles había el sitio más apetecible y delicioso que podría ambicionar una pluma para pasar sus días. Césped finísimo cubría el suelo; el río cercano corría con mansa corriente, ni tan rápida que arrastrara y revolviera la tierra de las verdes márgenes, ni tan pausada que se enturbiaran sus aguas: fácil era contar todas las piedrecillas del fondo; mas no la muchedumbre de peces que divagaban por su transparente cristal. Las ramas de los árboles, cerniendo la viva luz del Sol, mantenían en templada penumbra el pequeño prado; y de allí habían huido todos los insectos importunos y sucios, así como todas las aves impertinentes y casquivanas. Los pocos seres que allí estaban de paso o con residencia fija, eran lo más culto y distinguido de la creación: insectos vestidos de oro y condecorados con admirables pedrerías; aves sentimentales y discretas que cantaban sus amores en cortesano estilo, y solo a ciertas horas de la mañana o de la tarde. Era el mediodía, y todas callaban en lo alto de las ramas, entreteniendo el espíritu en abstractas meditaciones.

«¡Fresco y bonito lugar es éste! —dijo la pluma erizándose de entusiasmo al verse allí—. Aquí quiero pasar toda mi vida, toda, toda, lo repito con seguridad completa de no variar de propósito.

Vagaba a la sombra de los árboles, resbalando sobre el fresco césped, cuando vio que se acercaba una pastora, guiando dos docenas de ovejas con alguno que otro cordero, y un perro que le servía de custodia y compañía. La pastora se ocupaba, andando, en tejer una corona de flores que traía en la falda, y era tanta su hermosura, donaire y elegancia, que la pluma se quedó absorta.

Sentose la joven, y la pluma remontándose de nuevo por los aires, empezó a dar vueltas en torno suyo, admirando de cerca y, de lejos, ya la blancura del cutis, ya la expresión y brillo de los ojos, ya los cabellos negros, ya sus labios encendidos, todas y cada una de las perfecciones de tan ejemplar criatura.

«Aquí me he de estar toda la vida —exclamaba la viajera en su enrevesado idioma—. Esto sí que es vivir. Nunca me cansaré de mirarla, aunque viva mil años. ¡Qué bien he hecho en establecerme aquí... y qué gran cosa es el amor! Gracias a Dios que he encontrado la felicidad. ¡Cuan dulcemente se pasa el tiempo mirándola, ahora y después y siempre! ¿Qué placer iguala al de pasar rozando sus cabellos, y acariciarle la frente con mis flequitos? ¿Qué mayor ambición puedo tener que dejarme resbalar por su cuello hasta escurrirme ... qué sé yo dónde, o esconderme entre su ropa y su carne para estarme allí haciéndole cosquillas *per saecula saeculorum*? Esto me vuelve loca ... y de veras que estoy loca de amor. Aquí y sin apartarme de ella un instante, he de pasar toda la vida.»

La pluma volaba y revolaba alrededor de la pastora, hasta que fue a posarse sutilmente sobre su hombro, y en él hizo mil morisquetas y remilgos con sus flecos. Vio la muchacha aquel objeto blanco, que al principio juzgó ser cosa menos delicada caída de las ramas del árbol, y tomándola, la estrujó entre sus dedos y la arrojó lejos de sí con indiferencia desdeñosa. Un rato después convocó a su rebaño y se fue.

Mucho tardó nuestra infortunada viajera en volver de su desmayo. Al abrir los ojos, en vano buscó al objeto de su tierna pasión; reconociendo el sitio, sacudió sus encajes magullados y rotos, y dio al viento sus quejas en esta forma:

«Ay, vientecillo, sácame de aquí, por las ánimas benditas; levántame, que me muero de tristeza. Quiero correr otra vez, pues ahora comprendo que la felicidad no existe en lo que yo creía. ¡Buena tonta he sido! El amor, no es más que fatigas y dolores. Basta de amor, que harto conozco ya lo que trae consigo. Volemos otra vez, y vamos a donde tú quieras, amiguito. De veras te digo que me cargan estos árboles y este río: estoy ya hasta la corona de céspedes, prados, arroyos y pajarillos. Démonos una vueltecita por esos mundos. Levántame: quiero subir hasta las nubes. Eso es; así me gusta: súbeme todo lo que puedas. Mira, allí a lo lejos se alcanza a ver una casa que ha de ser muy grande: ¿ves cómo brilla a los rayos del Sol, cual si fuese de plata, y a su lado hay otra y otra, muchas, muchísimas casas? Sin duda aquello es lo que llaman una ciudad. Eso, eso es lo que yo deseo ver. Gracias a Dios que encuentro lo que me gusta. Vámonos derechos allá, y dejémonos de montes y valles, que son lugares impropios para este genio mío ... Ya, ya se ve de cerca la ciudad. En aquel magnífico palacio que vimos primero nos hemos de meter. Corre, corre más, que me parece que no llegamos nunca.

Canto segundo

Pronto se hallaron muy cerca de un soberbio palacio de mármol, tan grande y bello que hasta el mismo genio misterioso, que conducía a nuestra amiga, se quedó absorto ante tanta magnificencia. Oíanse por allí algazaras como de baile o festín, y músicas sorprendentes. Flotaban banderas en los minaretes y azoteas, y por las ventanas se veía discurrir la gente alegre y bulliciosa.

«Adentro, amiguito —dijo la pluma—; colémonos por este balcón que está de par en par abierto.»

Así lo hicieron, encontrándose dentro de una gran sala en la cual había hasta cien personas sentadas alrededor de vasta mesa, llena de ricos manjares y adornada de flores, todo puesto con arte y soberana magnificencia. Era igual el número de hombres al de mujeres; y si entre aquéllos los había de distintas edades, éstas eran todas jóvenes y hermosas. Los criados vestían riquísimos trajes, y un sin fin de músicos tocaban armoniosas sonatas en lo alto de una gran tribuna.

Los convidados estaban tendidos sobre cojines cubiertos de vistosos tapices; ellas adornadas con flores, y tan ligera y graciosamente vestidas, que su hermosura no podía menos de aparecer realzada con atavíos tan indiscretos. Las carcajadas, las voces y la música, impresionando el oído; el aroma de las flores y el olor aperitivo de las comidas y licores, hiriendo el olfato; la viveza de las miradas, la variedad de colores, afectando la vista, producían en aquel recinto una fascinación que habría dado al traste con la fortaleza de todos los ermitaños de la Tebaida.

La pluma, divagando por la bóveda del salón sintió que desde la mesa subían a acariciar sus sentidos los dulces vapores de la mesa, y se embriagaba con la fragancia de los vinos, escanciados sin cesar en copas de oro. Su entusiasmo y alegría no tenían límites, y la lengua se le soltó de tal modo, que no cesó de hablar en todo el día, diciendo a su compañero y conductor:

«Esto si que es delicioso, amiguito; esto sí que es vivir. ¡Bien te decía yo que aquí habíamos de encontrar la felicidad; bien me lo anunciaba el corazón! Me están volviendo tarumba las emanaciones de esas aves, de esas especias, de esas frutas, de esos licores que parecen, llevar en sí gérmenes de vida y nos infunden aliento y júbilo. Repara en la incitante belleza do esas mujeres: ¡qué miradas! ¡qué senos! ¡qué admirable configuración la de sus cuerpos! ¡qué encantadora risa en sus labios! Pero ¿no te vuelves loco como yo? Aquí he de estarme toda la vida, ¿sabes? No hay duda que la vida es el placer, y buenos tontos serán los que se anden por ahí discurriendo insulsamente por montes y valles. ¡Y yo fui tan imbécil que vi la felicidad en el amor insípido que me inspiró aquella pastora! ¡Qué fácilmente nos equivocamos!... pero ya he conocido mi error, y tengo la seguridad de no equivocarme más. Es que ya voy teniendo mucha experiencia, no te creas, y de aquí en adelante ya sé lo que tengo que hacer. Gracias a Dios que encontré lo definitivo: aquí, aquí hasta que me muera. ¡Qué placer, y qué embriaguez, y qué mareo tan deliciosos! ¡Sublime es esto, y cuan desgraciados los que no lo conocen!»

La comida avanzaba, y la locura de los comensales tocaba a su límite: las ánforas habían dado ya su última ofrenda de vino; los convidados las habían hecho llenar de nuevo, y hasta las mujeres, aturdidas, o gritaban como furias o callaban con perezoso recogimiento.

La pluma se sintió también atontada: empezó a dar vueltas y más vueltas en el aire, hasta que poco a poco perdió la conciencia de lo que allí ocurría. Conservando un resto de vago conocimiento, sintió que las voces se alejaban; que caían los muebles; que se rompían con estrépito los vasos; que callaban los músicos; que, oscurecido el Sol, lo sustituía una débil claridad de antorchas; que éstas se extinguían después; que todo quedaba en silencio. Entonces se sintió caer, abandonada de su misterioso genio amigo: vio las flores marchitas y pisoteadas por el suelo, los restos de la comida arrojados en desorden y exhalando repugnante olor; todo revuelto y disperso, y ningún ser vivo en la sala. En su desmayo juzgó que pasaban lentamente horas y más horas, que luego amanecía, y que por fin alguien daba señales de vida en aquel palacio, ayer del regocijo y hoy de la tristeza. Los pasos se acercaban, y manos desconocidas intentaron poner en orden los restos del festín. Luego se sintió arrastrada violentamente a impulsos de un objeto áspero: abrió los ojos, ya con la cabeza despejada, y vio que era impelida por una escoba. La barrían juntamente con multitud de objetos despreciables, ajados, repugnantes y pestíferos: hojas de flores pisoteadas, pedazos de cristal aún mojados en vino, huesos de frutas aún cubiertos de saliva, cortezas de pan, espinas de salmón con alguna hilacha de carne, una cinta manchada de salsa, fresas espachurradas, entre las cuales lucía un alfiler teñido del zumo rojizo y que semejaba el puñal de un asesino, piltrafas de jamón, cascaritas de hojaldre y algunos ojos de pescado que aún fijos a sus rotas cabezas, parecían contemplar con asombro y terror semejante espectáculo.

Entre estos objetos, rodando todos en tropel, fue nuestra pluma empujada por la escoba hasta parar a un gran cesto, de donde la arrojaron a un corral mil veces más inmundo que aquel de donde había salido. Al verse entre tanta basura, magullada, rota, sucia, oliendo a vino, a especias, a grasa, a saliva, empezó a lamentarse con estas patéticas frases:

«¡Ay, vientecillo de mi alma, levántame y sácame de aquí, por Dios y todos los santos! Me muero en este montón de inmundicia; yo quiero ser libre y pura como antes. A fe que te has lucido, plumita. ¡Qué error tan grosero! En buena parte has venido a concluir aquella brillante jornada de placer y felicidad. Que no me digan a mí que el placer lleva consigo otra cosa que degradaciones, bajezas, dolores y miserias. ¡Por un ratito de gozo, cuánta amargura! Y gracias a Dios que he salido con vida. Afortunadamente no seré yo quien vuelva a caer. Sácame de aquí, amigo, así te dé Dios todos los reinos de la tierra y del mar; sácame o me muero en esta podredumbre.»

El geniecillo la levantó con rapidez a grandísima altura, y allá arriba se ahuecó toda, llena de contento, para purificarse y orear su cuerpo. Apartó la vista del palacio y de la ciudad, y ambos siguieron luego su camino sin saber a dónde iban.

«Ni los campos tranquilamente fastidiosos; ni los palacios, que son mansión del hastío, me hacen a mi maldita gracia —decía la pluma—. Por fuerza hemos de encontrar pronto lo que cuadra a mi genio. ¿Ves? O yo me engaño mucho, o aquel gentío que ocupa la llanura que tenemos delante, nos va a detener allí con el espectáculo de algún acto sublime. Vamos pronto, que ya siento viva curiosidad. O yo no sé lo que son ejércitos, o lo que allí se divisa son dos que van a encontrarse y a reñir. ¡Sublime acontecimiento! ¡Bendito sea Dios que nos ha deparado ocasión de presenciar una batalla! He aquí una cosa que me entusiasma. Me pirro yo por las batallas. ¡La gloria! Te digo que se me va la cabeza cuando hablo de esto. Tarde ha sido, amigo, pero al fin he encontrado la norma de mi destino. Mira, ya van a empezar. Coloquémonos encima de aquellos que parecen ser los caudillos de uno de los dos ejércitos, y veamos la que se va a armar aquí.

Canto tercero
Efectivamente, dos grandes y poderosas huestes iban a chocar en aquella planicie. ¿A qué describir el brillo de las armas, las empresas de los escudos, el ardor de los combatientes; el relinchar de los corceles y demás accidentes de la empellada refriega? La pluma, palpitando de emoción, vio los primeros encuentros, y no apartaba los ojos del que parecía ser rey del ejército por quien más tarde se decidió la victoria. El tal rey llevaba un casco de oro, armadura de bruñido acero, y oprimía los lomos de soberbio caballo tordo. Ninguno le igualaba en furor y osadía, razón por la cual su gente, entusiasmada con tal ejemplo, arrollaba a los contrarios cual si fuesen manadas de carneros.

Nuestra viajera no sabía cómo expresar su frenético alborozo ante la sublime tragedia.

«¡La gloria! ¡Qué gran cosa es la gloria! —exclamaba, siguiendo lo más cerca posible al rey victorioso—. Estoy en mi centro: ésta es la vida, esto es lo que cuadra a mi genio, esto es la felicidad: gracias a Dios que he encontrado lo que quería. ¡Y fui tan imbécil que perdí el tiempo en frívolos amores y en livianos placeres! ¡La verdad es que se equivoca uno tontamente! Pero ya voy teniendo experiencia, y no me equivocaré más. La gloria es lo que más enaltece el alma. Mira, amiguito mío, cómo vencen los de aquí. Ya van los otros en retirada. ¡Grande y poderoso rey! Daría la mitad de mi vida por ponerme encima de su casco, de aquel áureo yelmo, ante cuya cimera se inclinarán con pavura todos los monarcas y naciones de la tierra. Vamos, esto me enajena. ¿No oyes cómo crujen las armas, cómo relinchan los caballos y cómo blasfeman los combatientes, encendidos en marcial coraje? ¡Gloriosa muerte la de los unos, y gloriosísima victoria la de los otros!»

Ésta fue decisiva para el rey del áureo casco y del caballo tordo. Su ejército triunfante persiguió en veloz carrera al enemigo, y la pluma siguió la triunfal marcha revoloteando sobre la cabeza del héroe. Corrían sin fatigarse hasta que llegó la noche. Luego se detuvieron, satisfechos de haber aniquilado en su fuga al ejército contrario. Acamparon los vencederos, se armó la tienda del Rey, preparósele comida y lecho; y en aquella hora de la reflexión y del reposo, pasada la exaltación primera, hasta la pluma bajó a la tierra cubierta de cadáveres, de sangre, de ruinas.

Entonces la viajera sintió frío glacial, extraordinaria fatiga y una modorra que no pudo vencer evocando los recuerdos del épico combate. En su letargo, creyó sentir los lamentos de los heridos, mezclados con horrorosas imprecaciones. No tardaron en venir las madres, las hermanas, los tiernos hijos, sosteniéndose entre sí, porque el dolor aflojaba sus desmayados cuerpos, alumbrándose con triste linterna para buscar al padre, al hijo, al esposo, al hermano. Hombres horribles, tipo medio entre el sayón y el sepulturero, cavaban la profunda y holgada fosa, donde eran arrojados los infelices muertos de ambos ejércitos. Las santas mujeres buscaban aún entre aquellos despojos, mal cubiertos por la tierra, a los seres queridos, y hasta hubieran escarbado para sacarlos de nuevo, si las voces y los lamentos que más allá se oían no les dieran la esperanza de que en otro lugar estarían quizás los que buscaban. Graznando lúgubremente, bajaron los buitres y demás aves que tienen su festín en los campos de batalla; la lluvia encharcó el piso, amasando lechos de fango y sangre para los pobres difuntos, y el frío remató a los heridos que esperaban escapar a la muerte. ¡Tremenda noche! Volviendo de su letargo, pudo observar la pluma que cuanto había visto no era alucinación, sino realidad clarísima. Quiso huir; pero se detuvo sobrecogida, porque en la cercana tienda del rey sonaron gritos y juramentos y fuerte choque de armas. Varios hombres salieron de allí luchando, y una voz dijo: «muera el tirano,» y otras exclamaron: «¡han asesinado al rey!» En efecto, así era: el héroe victorioso había sido sacrificado por sus ambiciosos generales, ávidos de repartirse el botín y apoderarse del reino.

«Viento querido, amigo mío, sácame de aquí —gritó la pluma agitando su fleco para volar—. Levántame; llévame por esos aires de Dios, que no quiero ver tantos horrores. ¡Maldita sea la gloria y malditos los pícaros que la inventaron! Parece mentira que me haya dejado alucinar por tan craso disparate. Ya ves que de la gloria no se saca cosa alguna, si no es la desesperación, el odio, la envidia y todas las bajezas de la ambición. ¡Cuánto más valen la dulce modestia y una apacible oscuridad! Gracias a Dios que he salido de las tinieblas del error. Tres veces me equivoqué; pero al fin la luz ha entrado en mi cabeza y ya tengo la certeza de no equivocarme más ¡Cuán claro veo ahora todo! ¡Qué bien considero y profundizo la verdad de las cosas! No, no volveré a incurrir en tales tonterías. Por supuesto, siempre es conveniente equivocarse para adquirir experiencia y estudiar y conocer la vida. Felizmente, ya sé a qué atenerme. Dichosos los que han pasado tantas amarguras y visto tantísimo mundo... Pero si no tengo telarañas en los ojos, amigo vientecillo, allá a lo lejos se distingue una altísima torre que debe de ser de alguna catedral. Sí: a medida que nos acercamos se va destacando la mole del edificio... No parece sino que Dios nos ha encaminado a este sitio para que nos arrepintamos de nuestras culpas y aprendamos que Él es la única verdad, la única vida y el camino único, fuente de todas las cosas, consuelo de todas las aflicciones, asilo de todos los extraviados... ¡Ay! vamos pronto, que ya tengo deseo de entrar allí: ¿no oyes repicar de las campanas? ¿no ves cómo el perfila con rayos de oro las mil estatuas erigidas en los pináculos y agujas que rematan el grandioso monumento por una y otra parte? Date prisa y lleguemos pronto, amiguito; ¡qué pesado te has vuelto! A ver si encontramos un agujerito por donde introducirnos.»

Canto cuarto

Dieron vueltas alrededor del templo, que era ojival y de sorprendente hermosura, y al fin, hallando un vidrio roto, se colaron dentro sin pedir permiso al sacristán. Soberbio espectáculo se ofreció a las miradas de nuestros dos viajeros. La vasta nave y sus haces de columnas delicadísimas, que remataban en palmeras, entretejiéndose para formar la bóveda; las ventanas rasgadas en toda la extensión del pavimento y cubiertas con el diáfano muro de cristales de colores; la multitud de figuras representativas; la fauna, la flora; la riqueza de los altares, las luces, los resplandecientes trajes de los sacerdotes; el incienso, formando azuladas nubes; el son del órgano, a veces suave y apagado como la respiración de un niño que duerme, después fuerte y estentóreo como el resoplido de un gigante colérico; el coro grave, y los rezos quejumbrosos, todo esto impresionó de tal modo a nuestra viajera, que estuvo un buen rato pegada a la bóveda, sin, atreverse a descender, sobrecogida de admiración, piedad y respeto.

«Me falta poco para llorar, amigo vientecillo —dijo—. Aunque un poco tardío, mi arrepentimiento es seguro. ¡Con cuánto gozo abro mis ojos a la luz de la verdad! ¿Y habrá quien sostenga que puede haber dicha, reposo y paz fuera de la religión sacratísima? Santa y sublime fe: a ti vengo fatigada de las luchas del mundo, el alma llena de congojas y atormentada por el recuerdo de mis pasados extravíos. Inexperta y alucinada, juzgué que el mejor empleo y ocupación de mi ser era el amor, los goces o la incitante gloria, cosas ¡ay! de liviana realidad que se desvanecen pasada la ilusión primera. Mi alma está pura, y anhela reposarse en el bien. Aborrezco el mundo; pienso solo en Dios, imán de nuestros corazones, fuente de toda salud, principio de toda inteligencia. Aquí, en este santo y bello asilo, creado por el arte y la fe, he de pasar lo que me resta de vida. Segurísima estoy ahora de no variar de inclinaciones ni de pensamiento. Aquí, siempre aquí. Dulce es, entre todas las dulzuras, zambullir el pensamiento en la idea de Dios, adorarle, contemplarle, confundirnos ante su presencia como granos de polvo o frágiles plumas que somos las criaturas Vientecillo, puedes marcharte, que yo me quedo aquí para toda la vida. ¡Cuán feliz soy!»

Calló la pluma y se acurrucó con devota compostura en la punta de una de las espinas que ceñían la frente del dorado Cristo suspendido en lo más alto del retablo. Cesaron los cantos, apagáronse las luces. Rumores extraños de misales que se cierran, de goznes rechinantes, de papeles de música que se arrollan, de cortinas que se corren tapando un santo, de llaves que crujen en la enmohecida cerradura, de acólitos que tropiezan corriendo hacia la sacristía, de rosarios que se guardan, sustituyeron a la imponente salmodia de antes; y las pisadas de los hombres y las faldas de las mujeres levantaron ligera nube de polvo que subió a confundirse con los desgarrados celajes del incienso, vagabundos aún por las altas bóvedas, como los jirones de nubes que corren por el cielo después de una tempestad.

Vino la noche, y los vidrios se oscurecieron, tomando tintas suaves y misteriosas. La gran nave quedó por fin en completa sombra; mas en lo alto de sus muros velaban, como espectros de moribundo resplandor, las pintadas efigies de cristal. En el centro del lóbrego santuario lucía un punto de luz: era la lámpara del altar, que como un alma despierta y vigilante oraba en el recinto. Su débil claridad apenas iluminaba los pies del Santo Cristo próximo, y el blanco cuerpo de un obispo de mármol que, tendido en su mausoleo, parecía como que a ratos abría la boca para bostezar.

Pasaron horas y más horas, que por lo largas parecían noches empalmadas, sin días que las separasen, y la pluma acabó sus rezos y los volvió a empezar, y acabados de nuevo, y agotado todo el repertorio de oraciones que sabía, dijo otras que sacaba de su cabeza, hasta que al fin, no ocurriéndosele nada, aburrida de aburrirse, se dejó decir:

«Vientecillo, me alegro de que no te hayas ido. Ven acá un momento: ¿sabes que siento así como ganas de dar un paseíto por ahí fuera? No es que quiera abandonar este sitio, pues lo dicho dicho: aquí he de estarme toda la vida. Es que, hablando con sinceridad, esto es bastante triste, no sé, no sé... las horas tienen una longitud desmesurada. Si me apuras, te diré con mi habitual franqueza que me aburro soberanamente. ¿Por qué no hemos de salir a refrescarnos la cabeza y a ver el cielo? pues por mucha que sea nuestra devoción, no hemos de estar siempre reza que te reza, y conviene dar al ánimo esparcimiento para cobrar fuerzas y ... ya me entiendes. Salgamos, que en realidad no tiene maldita gracia que nos estemos aquí hechos unos pasmarotes. Y repara que después que aquellos señores acabaron de cantar, esto está tan solo y oscuro que antes impone miedo que piedad.

Larguémonos fuera un ratito, que una cosa es la fe y otra el saludable recreo del cuerpo y del alma.

Canto quinto

Salieron por donde habían entrado, y al hallarse fuera, la pluma prorrumpió en exclamaciones:

«¡Oh, gracias a Dios que veo otra vez el profundo cielo, las altas estrellas y la Luna! ¡Qué hermosura! Paréceme que hace años que no he visto este admirable espectáculo, siempre nuevo y seductor. Mira, alarguemos nuestro paseíto, que en nada se admira tanto a Dios como en la naturaleza, ni nada es en ésta tan bello como la noche. Vaya, con franqueza, amigo viento: ¿no es esto más hermoso que el antro sombrío y estrecho de la catedral? Compara aquella lámpara con estas luminarias celestiales que tenemos encima de nuestras cabezas... Sigamos un poquitín más allá; que si no volviéramos, ya encontraríamos otra catedral en que meternos. Hay muchas, mientras que cielos no hay más que uno... ¡Cuánto se aprende viviendo! ¿Sabes lo que se me ha ocurrido? Pues que la religión es cosa admirable; pero que consagrarse enteramente a ella sin pensar en nada más, me parece una gran majadería. Ya voy teniendo experiencia, y veo todas las cosas con mucha claridad. Para alabar a Dios y honrarle, me parece a mí que antes que pasarnos la vida metidas en las iglesias, debemos las plumas emplear constantemente nuestro pensamiento en conocer y apreciar las leyes por el mismo Dios creadas. Yo, si quieres que te hable con el corazón en la mano, no tengo muchas ganas de volver a la catedral, fuera de que ya hemos perdido el camino y no lo encontraremos fácilmente. ¿No te parece que debemos lanzarnos por esos espacios anchísimos buscando en ellos la razón de todas las cosas? Siento tal curiosidad, que no sé qué haría por satisfacerla. ¡Saber! Ese es el objeto de nuestra vida; en saber consiste la felicidad. No negaré yo que la Fe es muy estimable; pero la Ciencia, amigo mío, ¡cuánto más estimable es! Por consiguiente, te confieso con toda ingenuidad que he variado de ideas, pero con el firme propósito de que ésta sea la última vez. Quiero, a fe de pluma de origen divino, examinar cómo y por qué se mueven esos astros; a qué distancia están unos de otros; qué tamaño y qué cantidad de agua tienen los mares; qué hay dentro de la tierra; cómo se hacen la lluvia, el rayo, el granizo; de qué diablos está compuesto el Sol; qué cosa es la luz y qué el calor, etcétera, etc. Me da la gana de saber todas esas cosas. Gracias a Dios que he encontrado la verdadera y legítima ocupación de mi espíritu. Ni el amor pastoril, ni los placeres sensuales, ni la terrible y estúpida gloria, ni el misticismo estéril, enaltecen al ser. ¡El conocimiento! ahí tienes la vida, la verdadera vida, amigo vientecillo. Bendigo mis errores, de cuyas tinieblas saqué la luz de mi experiencia y la certeza del destino que tenemos las plumas. Llévame, amigo, llévame por ahí, pronto, que hay mucho que ver y mucho que estudiar.»

Corrieron, volaron, y la pluma no se cansaba de sus observaciones especulativas. Estudió la marcha de los astros y las distancias a que están de la tierra; atravesó el inmenso Océano de una orilla a otra; hízose cargo de la configuración y trazado de las costas; midió el globo, fijando la atención en la diversidad de sus climas y habitantes; penetró en las cavernas profundas, donde existen los indescifrables documentos de la Mineralogía, y leyó el gran libro Geológico, en cuyas páginas o capas hablan idioma parecido al de los jeroglíficos la multitud de fósiles, siglos muertos que tan bien saben contar el misterio de las pasadas vidas; todo lo estudió, lo conoció y se lo metió en el magín, y entre tanto no cesaba de repetir:

«¡Gran cosa es la Ciencia! ¡Y cuánto me felicito de haber entrado por este camino, el único digno de nuestro noble origen!... Pero lo que me enfada es que nunca llegamos al fin: a medida que voy aprendiendo, se me presentan nuevos misterios y enigmas. Yo quisiera aprendérmelo todo de una vez. Es mucho cuento éste de que nunca se le ve el fondo al odre de la sabiduría. ¡Ay! Vientecillo perezoso, corre más, a ver si conseguimos llegar a un punto donde no haya más tierra, ni más mar, ni más cielo, ni más estrellas... Esto no se acaba nunca. Corramos, volemos, que no ha de haber cosa que yo no vea ni examine, ni arcano que no se me revele. He de saber cómo es Dios, cómo es el alma humana, de dónde salimos las plumas y a dónde volvemos, después de dar nuestro último vuelo e el viaje de la existencia.»

Y así transcurrió un lapso de tiempo indeterminable, y ni se veía el fin de la Ciencia, ni la sed de saber encontraba donde saciarse por completo. Ya habían recorrido toda la atmósfera que rodea nuestro planeta; y la buena

pluma, cansada y aburrida, sin fuerzas para avanzar más, giraba alrededor de su eje con desorden y aturdimiento, como un astro que se vuelve loco y olvida la ley de su rotación.

«¡Ay! vientecillo —exclamaba lánguidamente—, ya estoy confusa, ya estoy mareada. ¿De qué vale la ciencia, si al fin, después de tanto investigar más me espanta lo que ignoro que me satisface lo que sé ¡Ay! compañero mío de desengaños, *solo sé que no se una condenada palabra de nada*. Esto es para volverse una loca. Llévame a un sitio recóndito donde encuentre el consuelo del olvido. Quiero aniquilarme; quiero reposar en completa calma, dando paz al pensamiento y a la imaginación siempre ambiciosa. ¡Cuántas equivocaciones en tan breve tiempo! Ni el amor, ni el placer, ni la gloria, ni la religión, ni la ciencia me satisfacen. El lugar de paz y de contento perdurable con que soñaba para pasar la vida, no se encuentra en parte alguna. Experiencia lenta y dolorosa, ¿de qué sirves? Si ese lugar que busco no existe por aquí, forzosamente ha de existir en alguna otra región. Busquémoslo, amigo leal y ya inseparable... Veo que no estás menos aburrido y desilusionado que yo. ¡Ay! yo desfallezco; apenas puedo sostenerme en tus brazos; todo me desagrada: el aire, la luz, los árboles, la mar, el espacio, las estrellas, el Sol.»

Fijaron la vista en la tierra, de la cual muy cerca estaban, y vieron una como procesión que se dirigía a un bosquecillo frondoso, entre cuya verdura se destacaban objetos de blanquísimo mármol. Era un cementerio, y la procesión un entierro. Observaron nuestros viajeros que sobre la tierra había sido colocado un ataúd pequeño y azul. Abriéronlo algunos de los circunstantes, y todos los demás se agruparon en derredor para ver las facciones de la muerta: era una niña como de diez años, coronada de flores, las manecitas cruzadas en actitud de rezar no se sabe qué y semejante a un ángel de cera, tan bonito y puro, que al verle todos se admiraban de que se hubiera tomado el trabajo de vivir.

«Aquí, aquí quiero estar siempre, querido vientecillo. Suéltame, déjame caer» —dijo la pluma, desasiéndose de los brazos de su amado conductor, para caer dentro del ataúd.

Este se cerró, y el vientecillo, que empezaba a dar revoloteos para sacarla con maña, no pudo conseguirlo, y la pluma quedó dentro.

¿Acabarán con esto tus paseos, oh alma humana?

Abril de 1872.

La conjuración de las palabras

Érase un gran edificio llamado *Diccionario de la Lengua Castellana*, de tamaño tan colosal y fuera de medida, que, al decir de los cronistas, ocupaba casi la cuarta parte de una mesa, de estas que, destinadas a varios usos, vemos en las casas de los hombres. Si hemos de creer a un viejo documento hallado en viejísimo pupitre, cuando ponían al tal edificio en el estante de su dueño, la tabla que lo sostenía amenazaba desplomarse, con detrimento de todo lo que había en ella. Formábanlo dos anchos murallones de cartón, forrados en piel de becerro jaspeado, y en la fachada, que era también de cuero, se veía un ancho cartel con doradas letras, que decían al mundo y a la posteridad el nombre y significación de aquel gran monumento.

Por dentro era un laberinto tan maravilloso, que ni el mismo de Creta se le igualara. Dividíanlo hasta seiscientas paredes de papel con sus numeros llamados páginas. Cada espacio estaba subdividido en tres corredores o crujías muy grandes, y en estas crujías se hallaban innumerables celdas, ocupadas por los ochocientos o novecientos mil seres que en aquel vastísimo recinto tenían su habitación. Estos seres se llamaban palabras.

Una mañana sintióse gran ruido de voces, patadas, choque de armas, roce de vestidos, llamamientos y relinchos, como si un numeroso ejército se levantara y vistiese a toda prisa, apercibiéndose para una tremenda batalla. Y a la verdad, cosa de guerra debía de ser, porque a poco rato salieron todas o casi todas las palabras del *Diccionario*, con fuertes y relucientes armas, formando un escuadrón tan grande que no cupiera en la misma Biblioteca Nacional. Magnífico y sorprendente era el espectáculo que este ejército presentaba, según me dijo el testigo ocular que lo presenció todo desde un escondrijo inmediato, el cual testigo ocular era un viejísimo *Flos sanctorum*, forrado en pergamino que en el propio estante se hallaba a la sazón.

Avanzó la comitiva hasta que estuvieron todas las palabras fuera del edificio. Trataré de describir el orden y aparato de aquel ejército siguiendo fielmente la veraz, escrupulosa y auténtica narración de mi amigo el *Flos sanctorum*. Delante marchaban unos heraldos llamados Artículos, vestidos con magníficas dalmáticas y cotas de finísimo acero: no llevaban armas, y sí los escudos de sus señores los Sustantivos que venían un poco más atrás. Estos, en número casi infinito, eran tan vistosos y gallardos que daba gozo verlos. Unos llevaban resplandecientes armas del más puro metal, y cascos en cuya cimera ondeaban plumas y festones; otros vestían lorigas de cuero finísimo, recamadas de oro y plata; otros cubrían sus cuerpos con luengos trajes talares, a modo de senadores venecianos. Aquellos montaban poderosos potros ricamente enjaezados, y otros iban a pie. Algunos parecían menos ricos y lujosos que los demás; y aun puede asegurarse que había bastantes pobremente vestidos, si bien éstos eran poco vistos, porque el brillo y elegancia de los otros como que les ocultaba y oscurecía. Junto a los Sustantivos marchaban los Pronombres; que iban a pie y delante, llevando la brida de los caballos, o detrás, sosteniendo la cola del vestido de sus amos, ya guiándoles a guisa de lazarillos, ya dándoles el brazo para sostén de sus flacos cuerpos, porque, sea dicho de paso, también había Sustantivos muy valetudinarios y decrépitos, y algunos parecían próximos a morir. También se veían no pocos Pronombres representando a sus amos, que se quedaron en cama por enfermos o perezosos, y estos Pronombres formaban en la línea de los Sustantivos como si de tales hubieran categoría. No es necesario decir que los había de ambos sexos; y las damas cabalgaban con igual donaire que los hombres, y aun esgrimían las armas con tanto desenfado como ellos.

Detrás venían los Adjetivos, todos a pie; y eran como servidores o satélites de los Sustantivos, porque formaban al lado de ellos, atendiendo a sus órdenes para obedecerlas. Era cosa sabida que ningún caballero Sustantivo podía hacer cosa derecha sin el auxilio de un buen escudero de la honrada familia de los Adjetivos; pero éstos, a pesar de la fuerza y significación que prestaban a sus amos, no valían solos ni un ardite, y se aniquilaban completamente en cuanto quedaban solos. Eran brillantes y caprichosos adornos y trajes, de colores vivos y formas muy determinadas; y era de notar que cuando se acercaban al amo, este tomaba el color y la forma de aquellos, quedando transformado al exterior aunque en esencia el mismo.

Como a diez varas de distancia venían los Verbos, que eran unos señores de lo más extraño y maravilloso que puede concebir la fantasía.

No es posible decir su sexo, ni medir su estatura, ni pintar sus facciones, ni contar su edad, ni describirlos con precisión y exactitud. Basta saber que se movían mucho y a todos lados, y tan pronto iban hacia atrás como hacia adelante y se juntaban dos para andar emparejados. Lo cierto del caso, según me aseguró el *Flos sanctorum*, es que sin los tales personajes no se hacía cosa a derechas en aquella República, y si bien los Sustantivos eran muy útiles, no podían hacer nada por sí, y eran como instrumentos ciegos cuando algún señor Verbo no los dirigía. Tras éstos venían los Adverbios, que tenían cataduras de pinches de cocina; como que su oficio era prepararles la comida a los Verbos y servirles en todo. Es fama que eran parientes de los Adjetivos, como lo acreditaban viejísimos pergaminos genealógicos, y aun había Adjetivos que desempeñaban en comisión la plaza de Adverbios, para lo cual bastaba ponerles una cola o falda que decía: *mente*.

Las Preposiciones eran enanas, y más que personas parecían cosas, moviéndose automáticamente: iban junto a los Sustantivos para llevar recado a algún Verbo, o viceversa. Las Conjunciones andaban por todos lados metiendo bulla; y una de ellas especialmente, llamada *que*, era el mismo enemigo y a todos los tenía revueltos y alborotados, porque indisponía a un señor Sustantivo con un señor Verbo, y a veces trastornaba lo que éste decía, variando completamente el sentido. Detrás de todos marchaban las Interjecciones, que no tenían cuerpo, sino tan solo cabeza, con gran boca siempre abierta. No se metían con nadie, y se manejaban solas; que aunque pocas en número es fama que sabían hacerse valer.

De estas palabras, algunas eran nobilísimas, y llevaban en sus escudos delicadas empresas, por donde se venía en conocimiento de su abolengo latino o árabe; otras, sin alcurnia antigua de que vanagloriarse, eran nuevecillas, plebeyas o de poco más o menos. Las nobles las trataban con desprecio. Algunas había también en calidad de emigradas de Francia, esperando el tiempo de adquirir nacionalidad. Otras, en cambio, indígenas hasta la pared de enfrente, se caían de puro viejas, y yacían arrinconadas, aunque las demás guardaran consideración a sus arrugas; y las había tan petulantes y presumidas, que despreciaban a las demás mirándolas enfáticamente.

Llegaron a la plaza del Estante la ocuparon de punta a punta. El verbo *Ser* hizo una especie de cadalso o tribuna con dos admiraciones y algunas co-

115

mas que por allí rodaban, y subió a él con intención de despotricarse; pero le quitó la palabra un Sustantivo muy travieso y hablador llamado *Hombre*, el cual, subiendo a los hombros de sus edecanes, los simpáticos Adjetivos *Racional* y *Libre*, saludó a la multitud, quitándose la H, que a guisa de sombrero le cubría, empezó a hablar en estos o parecidos términos:

«Señores: la osadía de los escritores españoles ha irritado nuestros ánimos, y es preciso darles les justo y pronto castigo. Ya no les basta introducir en sus libros contrabando francés, con gran detrimento de la riqueza nacional, sino que cuando por casualidad se nos emplea, trastornan nuestro sentido y nos hacen decir lo contrario de nuestra intención. (*Bien, bien.*) De nada sirve nuestro noble origen latino, para que esos tales respeten nuestro significado. Se nos desfigura de un modo que da grima y dolor. Así, permitidme que me conmueva, porque las lágrimas brotan de mis ojos y no puedo reprimir la emoción.» *(Nutridos aplausos.)*

El orador se enjugó las lágrimas con la punta de la *e*, que de faldón le servía, y ya se preparaba a continuar, cuando le distrajo el rumor de una disputa que no lejos se había entablado.

Era que el Sustantivo *Sentido* estaba dando de mojicones al Adjetivo *Común*, y le decía:

«Perro, follón y sucio vocablo, por ti me traen asendereado, y me ponen como salvaguardia de toda clase de destinos. Desde que cualquier escritor no entiende palotada de una ciencia, se escuda con el *Sentido Común*, y ya le parece que es el más sabio de la tierra. Vete, negro y pestífero Adjetivo, lejos de mi, o te juro que no saldrás con vida de mis manos.»

Y al decir esto, el *Sentido* enarboló la *t*, y dándole un garrotazo con ella a su escudero, le dejó tan mal parado, que tuvieron que ponerle un vendaje en la *o*, y bizmarle las costillas de la *m* porque se iba desangrando por allí a toda prisa.

«Haya paz, señores —dijo un Sustantivo Femenino llamado *Filosofía*, que con dueñescas tocas blancas apareció entre el tumulto. Mas en cuanto le vio otra palabra llamada *Música*, se echó sobre ella y empezó a mesarla los cabellos y a darle coces, cantando así:

—Miren la bellaca, la sandia, la loca; ¿pues no quiere llevarme encadenada con una Preposición, diciendo que yo tengo Filosofía? Yo no tengo sino *Música*, hermana. Déjeme en paz y púdrase de vieja en compañía de la *Alemana* que es otra vieja loca.

—Quita allá, bullanguera —dijo la *Filosofía* arrancándole a la *Música* el penacho o acento que muy erguido sobre la *u* llevaba—; que allá, que para nada vales, ni sirves más que de pasatiempo pueril.

—Poco a poco, señoras mías —gritó un Sustantivo, alto, delgado, flaco y medio tísico, llamado el *Sentimiento*—. A ver, señora *Filosofía* si no me dice usted esas cosas a mi hermana tendremos que vernos las caras. Estése usted quieta y deje a Perico en su casa, porque todos tenemos trapitos que lavar, y si yo saco los suyos, ni con colada habrán de quedar limpios.

—Miren el mocoso —dijo la *Razón* que andaba por allí en paños menores y un poquillo desmelenada—, ¿qué sería de esos badulaques sin mí? No reñir, y cada uno a su puesto, que si me incomodo...

—No ha de ser —dijo el Sustantivo *Mal*, que en todo había de meterse.

—¿Quién le ha dado a usted vela en este entierro, tío *Mal*? Váyase al Infierno, que ya está de más en el mundo.

—No, señoras; perdonen usías, que no estoy sino muy retebién. Un poco decaidillo andaba; pero después que tomé este lacayo, que ahora me sirve, me voy remediando —y mostró un lacayo, que era el Adjetivo *Necesario*.

—Quítenmela, que la mato —chillaba la *Religión*, que había venido a las manos con la *Política*—; quítenmela, que me ha usurpado el nombre para disimular en el mundo sus socaliñas y gatuperios.

—Basta de indirectas. ¡Orden! —dijo el Sustantivo *Gobierno*, que se presentó para poner paz en el asunto.

—Déjelas que se arañen, hermano —observó la *Justicia*—; déjelas que se arañen, que ya sabe vuecencia que rabian de verse juntas. Procuremos nosotros no andar también a la greña, y adelante con los faroles.»

Mientras esto ocurría, se presentó un gallardo Sustantivo, vestido con relucientes armas, y trayendo un escudo con peregrinas figuras y lema de plata y oro. Llamábase el *Honor*, y venía a quejarse de los innumerables desatinos que hacían los humanos en su nombre, dándole las más raras aplicaciones, y haciéndole significar lo que más les venía a cuento. Pero el sustantivo *Moral*, que estaba en un rincón atándose un hilo en la que se le había roto en la anterior refriega, se presentó, atrayendo la atención general.

Quejóse de que se le subían a las barbas ciertos Adjetivos advenedizos, y concluyó diciendo que no le gustaban ciertas compañías, y que más le valía andar solo; de lo cual se rieron otros muchos Sustantivos fachendosos que no llevaban nunca menos de seis Adjetivos de servidumbre.

Entre tanto, la *Inquisición*, una viejecilla que no se podía tener, estaba pegando fuego a la hoguera que había hecho con interrogantes gastados, palos de *T* y paréntesis rotos, en la cual hoguera dicen que quería quemar a la *Libertad* que andaba dando zancajos por allí con muchísima gracia y desenvoltura. Por otro lado estaba el Verbo *Matar*, dando grandes voces, y cerrando el puño con rabia, decía de vez en cuando:

«¡Si me conjugo...!»

Oyendo lo cual el Sustantivo *Paz*, acudió corriendo tan a prisa, que tropezó en la *z* con que venía calzada, y cayó cuan larga era, dando un gran batacazo.

«Allá voy —gritó el Sustantivo *Arte*, que ya se había metido a zapatero—. Allá voy a componer este zapato, que es cosa de mi incumbencia.»

Y con unas comas, le clavó la *z* a la *Paz*, que tomó vuelo, y se fue a hacer cabriolas ante el Sustantivo *Cañón*, de quien dicen estaba perdidamente enamorada.

No pudiendo ni el Verbo *Ser*, ni el Sustantivo *Hombre*, ni el Adjetivo *Racional*, poner en orden a aquella gente, y comprendiendo que de aquella manera iban a ser vencidos en la desigual batalla que con los escritores españoles tendrían que emprender, resolvieron volverse a su casa. Dieron orden de que cada cual entrara en su celda, y así se cumplió, costando gran trabajo encerrar a algunas camorristas, que se empeñaban en alborotar y hacer el coco.

Resultaron de este tumulto bastantes heridos, que aún están en el hospital de sangre, o sea *Fe de erratas* del *Diccionario*. Han determinado congregarse de nuevo para examinar los medios de imponerse a la gente de letras. Se está redactando las pragmáticas, que establecerán el orden en las discusiones. No tuvo resultado el pronunciamiento, por gastar el tiempo los conjurados en estériles debates y luchas de amor propio, en vez de congregarse para combatir al enemigo común; así es que concluyó aquello como el Rosario de la Aurora.

El *Flos sanctorum* me asegura que la *Gramática* había mandado al *Diccionario* una embajada de géneros, números y casos, para ver si por las buenas, y sin derramamiento de sangre, se arreglaban los trastornados asuntos de la *Lengua Castellana*.

Madrid, Abril de 1868.

Un tribunal literario

I

«Me gustaría enteramente sentimental, que llegase al alma, que hiciera llorar... Yo, cuando leo y no lloro, me parece que no he leído. ¿Qué quiere usted? Yo soy así —me dijo el Duque de Cantarranas, haciendo con frente, boca y narices uno de aquellos gestos nerviosos que le distinguen de los demás duques y de todos los mortales.

Yo le aseguro a usted que será sentimental, será de esas que dan convulsiones y síncopes; hará llorar a todo el género humano, querido señor Duque —le contesté abriendo el manuscrito por la primera página.

—Eso es lo que hace falta, amigo mío: sentimiento, sentimiento. En este siglo materialista, conviene al arte despertar los nobles afectos. Es preciso hacer llorar a las muchedumbres, cuyo corazón está endurecido por la pasión política, cuya mente está extraviada por las ideas de vanidad que les han imbuido los socialistas. Si no pone usted ahí mucho lloro, mucho suspiro, mucho amor contrariado, mucha terneza, mucha languidez, mucha tórtola y mucha codorniz, le auguro un éxito triste, y lo que es peor, el tremendo fallo de reprobación y anatema de la posteridad enfurecida.

Dijo; y afectando la gravedad de un Mecenas, miróme el Duque de Cantarranas con expresión de superioridad, no sin hacer otro gesto nervioso que parecía hundirle la nariz, romperle la boca y rasgarle el cuero de la frente, de su frente olímpica en que resplandecía el genio apacible, dulzón y melancólico de la poesía sentimental.

Aquello me turbó. ¡Tal autoridad tenía para mí el prócer insigne! Cerré y abrí el manuscrito varias veces; pasé fuertemente el dedo por el interior de la parte cosida, queriendo obligar a las hojas a estar abiertas sin necesidad de sujetarlas con la mano; paseé la vista por los primeros renglones; leí el título, tosí, moví la silla, y, con franqueza lo declaro, habría deseado en aquel momento que un pretexto cualquiera, *verbi gracia*, un incendio en la casa vecina, un hundimiento o terremoto, me hubieran impedido leer, porque, a la verdad, me hallaba sobrecogido ante el respetable auditorio que a escucharme iba. Componíase de cuatro ilustres personajes de tanto peso y autoridad en la república de las letras, que apenas comprendo hoy cómo

121

fui capaz de convocarles para una lectura de cosa mía, naturalmente pobre y sin valor. Aterrábame, sobre todo, el mencionado Duque de los gestos nerviosos, el más eminente crítico de mi tiempo, según opinión de amigos y adversarios.

Sin embargo, Su Excelencia había ido allí como los demás, para oírme leer aquel mal parto de mi infecundo ingenio, y era preciso hacer un esfuerzo. Me llené, pues, de resolución, y empecé a leer.

Pero permitidme, antes de referir lo que leí, que os dé alguna noticia del grande, del ilustre, del imponderable Duque de Cantarranas.

Era un hidalguillo de poco más o menos, atendida su fortuna, que consistía en una *posesión* enclavada en Meco, dos casas en Alcobendas y un coto en la Puebla de Montalbán; también disfrutaba de unos censos en el mismo lugar y de unos dinerillos dados a rédito. A esto habían venido los estados de los Cantarranas, ducado cuyo origen es de los mas empingorotados. Así es que el buen Duque era pobre de solemnidad, porque la posesión no le daba más que unos dos mil reales, y esos mal pagados; las casas no producían tres maravedises, porque la una estaba destechada, y la otra, la solariega por más señas, era un palacio destartalado, que no esperaba sino un pretexto para venirse al suelo con escudo y todo. Nadie lo quería alquilar, porque tenía fama de estar habitado por brujas, y los alcobendanos decían que allí se aparecían de noche las irritadas sombras de los Cantarranas difuntos.

El coto no tenía más que catorce árboles, y esos malos. En cuanto a caza, ni con hurones se encontraba, por atravesar la finca una servidumbre desde principios del siglo, en que huyó de allí el último conejo de que hay noticia. Los dinerillos le producían, salvos disgustos, apremios y tardanzas, unos tres mil realejos. Así es que Su Excelencia no poseía más que gloria y un inmenso caudal de metáforas, que gastaba con la prodigalidad de un millonario. Su ciencia era mucha, su fortuna escasa, su corazón bueno, su alma una retórica viviente, su persona ... su persona merece párrafo aparte.

Frisaba en los cuarenta y cinco años; y esto que sé por casualidad, se confía aquí como sagrado secreto, porque él ni a tirones pasaba de los treinta y nueve. Era colorado y barbipuntiagudo, con lentes que parecían haber echado raíces en lo alto de su nariz. Estas llamaron siempre la atención de los frenólogos por una especial configuración en que se traslucía lo que él llamaba *exquisito olfato moral*. Para la ciencia eran magnífico ejemplar de estudio, un tesoro; para el vulgo eran meramente grandes. Pero lo más notable de su cariz era la afección nerviosa que padecía, pues no pasaban dos minutos sin que hiciese tantos y tan violentos visajes, que solo por respeto a tan alta persona no se morían de risa los que le miraban.

Su vestido era lección o tratado de economía doméstica. Describir cómo variaba los cortes de sus chalecos para que siempre pareciesen de moda, no es empresa de plumas vulgares. Decir con qué prolijo esmero cepillaba todas las mañanas sus dos levitas, y con qué amor profundo les daba aguardiente en la tapa del cuello, cuidando siempre de cogerlas con las puntas de los dedos para que no se le rompieran, es hazaña reservada a más puntuales cronistas.

¿Pues y la escrupulosa revista de roturas que pasaba cada día a sus dos pantalones, y los remojos, planchados y frotamientos con que martirizaba su gabán, prenda inocente que había encontrado un purgatorio en este mundo? En cuanto a su sombrero, basta decir que era un problema de longevidad. Se ignora qué talismán poseía el Duque para que ni un átomo de polvo, ni una gota de agua manchasen nunca sus inmaculados pelos. Añádase a esto que siempre fue un misterio profundo la salud inalterable de un paraguas de ballena que le conocí toda la vida, y que mejor que el Observatorio podría dar cuenta de todos los temporales que se han sucedido en veinte años. Por lo que hace a los guantes, que habían paseado por Madrid durante cinco abriles su demacrada amarillez, puede asegurarse que la alquimia doméstica tomaba mucha parte en aquel prodigio. Además, el Duque tenía un modo singularísimo de poner las manos, y a esto, más que a nada, se debe la vida perdurable de aquellas prendas, que él, usando una de sus figuras predilectas, llamaba *el coturno de las manos*. Puede formarse idea de su modo de andar recordando que las botas me visitaron tres años seguidos, después de tres remontas; y solo a un sistema de locomoción tan ingenioso como prudente, se deben las etapas de vida que tuvieron las que, valiéndonos de la retórica del Duque, podremos llamar *las quirotecas de los pies*.

Usaba joyas, muchos anillos, prefiriendo siempre uno, donde campeaba una esmeralda del tamaño de media peseta, tan disforme, que parecía falsa, y lo era, en efecto, según testimonio de los más reputados cronistas que de la casa de Cantarranas han escrito. No reina la misma uniformidad de pareceres, y aun son muy distintas las versiones respecto a cierta cadena que hermoseaba su chaleco, pues aunque todos convienen en que era de *double*, hay quien asegura ser alhaja de familia, y haber pertenecido a un magnate de la casa, que fue virrey de Nápoles, donde la compró a unos genoveses por un grueso puñado de maravedises.

Corría, con visos de muy autorizada, la voz de que el Duque de Cantarranas era un *cursi* (ya podemos escribir la palabrilla sin remordimientos; gracias a la condescendencia del *Diccionario* de la Academia); pero esto no sirve sino para probar que los tiros de la envidia se asestan siempre a lo más alto, del mismo modo que los huracanes hacen mayores estragos en las corpulentas encinas.

El Duque, por su parte, despreciaba estas hablillas, como cumple a las almas grandes. Pero llegaron tiempos en que salía poco de día, porque en su levita había descubierto la astronomía vulgar no sé qué manchas. En esto se parecía al Sol, aunque, por raro fenómeno, era un Sol que no lucía sino por las noches. Frecuentaba varias tertulias, tomaba café, iba tres veces al año al teatro, paseaba en invierno por el Prado y en verano por la Montaña, y se retiraba a su casa después de conversar un rato con el sereno.

La índole de su talento le inclinaba a la contemplación. Leía mucho, deleitándose sobremanera con las novelas sentimentales, que tanta boga tuvieron hace cuarenta años. En esto, es fuerza confesar que vivía un poco atrasadillo, pero los grandes ingenios tienen esa ventaja sobre el común de las gentes, es decir, pueden quedarse allí donde les conviene, venciendo el oleaje revolucionario, que también arrostro a las letras. Para él, las novelas de Madame Genlis eran el prototipo, y siempre creyó que ni antiguos ni modernos habían llegado al zancajo de Madame de Staël en su *Corina*. No le agradaba tanto, aunque sí la tenía en gran aprecio, *La nueva Eloísa*, de Rousseau, porque decía que sus pretensiones eruditas y filosóficas atenuaban en parte el puro encanto de la acción sentimental. Pero lo que le sacaba de sus casillas eran *Las noches de Young*, traducidas por Escóiquiz; y él se sumergía en aquél océano de tristezas, identificándose de tal modo con el personaje, que a veces le encontraban por las mañanas pálido, extenuado y sin acertar a pronunciar palabra que no fuera lúgubre y sombría como un responso. En su conversación se dejaba ver esta influencia, porque empleaba frecuentemente la quincalla de figuras retóricas que sus autores favoritos le habían depositado en el cerebro. Su imagen predilecta era el sauce entre los vegetales, y la codorniz entre los vertebrados. Cuando veía una higuera, la llamaba sauce; todos los chopos eran para él cipreses; las gallinas antojábansele palomas y no hubo jilguero ni calandria que él con la fuerza de su fantasía, no trocara en ruiseñor. Más de una vez le oí nombrar Pamela a su criada, y sé que únicamente dejó de llamar Clarisa a su lavandera señá Clara, cuando ésta manifestó que no gustaba de que la pusiesen motes.

¿Será necesario afirmar que, aun concretado a una especialidad, el Duque de Cantarranas era un excelente crítico? Baste decir que sus consejos tenían fuerza de ley y sus dictámenes eran tan decisivos, que jamás se apeló contra ellos al tribunal augusto de la opinión pública. Por eso le cité, en unión de los otros tres personajes que describiré luego, para que juzgase mi obrilla.

Era ésta una novela mal concebida y peor hilvanada, incapaz, por lo tanto, de hombrearse con las muchas que, por tantos y tan preclaros ingenios producidas, enaltecen actualmente las letras en este afortunado país. Luego que los cuatro ilustres senadores que formaban mi auditorio se colocaron bien en sus sillas, saqué fuerzas de flaqueza, tosí, miré a todos lados con angustia, respiré con fuerza, y con voz apagada y temblorosa, empecé de esta manera:

«*Capítulo primero*—. Alejo era un joven bastante feo, hijo de honrados padres, chico de estudio, de sanas y muy honestas costumbres, pobre de solemnidad, y bueno como una manzana. Vivía encajonado en su buhardilla, y desde allí contemplaba los gorriones que iban a pararse en la chimenea y los gatos que retozaban por el tejado. Miraba de vez en cuando al cielo, y de vez en cuando a la tierra, para ver, ya las estrellas, ya los simones. Alejo estudiaba abogacía, lo cual le aburría mucho, y no tenía más distracción que asomarse al ventanillo de su tugurio. ¿Describiré la habitación de esta desventurada excrecencia de la sociedad? Sí: voy a describirla.

«Imaginaos cuatro sucias paredes sosteniendo un inclinado techo, al través del cual el agua del invierno por innumerables goteras se escurre.

Andrajos de uno a modo de papel azul, pendían de los muros; y la cama, enclavada en un rincón, era paralela al techo, es decir, inclinada por los pies. Una mesa que no los tenía completos, sostenía apenas dos docenas de libros muy usados, un tintero y una sombrerera. Allí formaban estrecho consorcio dos babuchas en muy mal estado, con una guitarra, de la cual habían huido a toda prisa las cuatro cuerdas, quedando una sola, con que Alejo se acompañaba cierta seguidilla que sabía desde muy niño. Allí alternaban dos pares y medio de guantes descosidos, restos de una conquista, con un tarro de betún y un frasco de agua de Colonia, al cual los vaivenes de la suerte convirtieron en botella de tinta, después de haber sido mucho tiempo alcuza de aceite. De inválida percha pendían una capa, una cartuchera de miliciano (1854), dos chalecos de rayas encarnadas y una faja que parecía soga. Un clavo sostenía el sombrero perteneciente a la anterior generación, y un baúl guardaba en sus antros algunas piezas de ropa, en las cuales los remiendos, aunque muchos y diversos, no eran tantos ni tan pintorescos como los agujeros no remendados.

»Pero asomémonos a la ventana. Desde ella se ve el tejado de enfrente, con sus buhardillas, sus chimeneas y sus misifuces. Más abajo se divisa el tercer piso de la casa; bajando más la vista, el segundo, y, por fin el principal. En éste hay un cierro de cristales con flores, pájaros y ...¡otra cosa! Alejo miraba continuamente la *otra cosa*, que contenía el cierro. ¿Diremos lo que era? Pues era una dama. Alejo la contemplaba todos los días, y por un singular efecto de imaginación, estaba viéndola después toda la noche, despierto y en sueños: si escribía, en el fondo del tintero; si meditaba, revoloteando como espectro de mariposa alrededor de la macilenta luz que hacía veces de astro en el paraíso del estudiante.

»Mirando desde allí hacia el piso principal de enfrente, se distinguía en primer término una mano; después un brazo, el cual estaba adherido a un admirable busto alabastrino, que sustentaba la cabeza de la joven, singularmente hermosa ¿Me atreveré a describirla? ¿Me atreveré a decir que era una de las damas más bellas, de más alto origen, de más distinguido trato que ha dado a la sociedad esta raza humana, tan fecunda en duquesas y marquesas? Sí, me atrevo.

»Desde arriba, Alejo devoraba con sus ojos una gran cabellera negra, espléndida, profusa; un río de cabellos, como diría mi amigo el ilustre Cantarranas. (Al oír este símil en que yo rendía público tributo de admiración al esclarecido prócer, éste se inclinó con modestia y se ruborizó unas miajas.) Debajo de estos cabellos, Alejo admiraba un arco blanco en forma de media Luna: era la frente, que desde tan alto punto de vista afectaba esta singular forma. De la nariz y barba solo asomaba la punta. Pero lo que se podía contemplar entero, magnífico, eran los hombros, admirable muestra de escultura humana, que la tela no podía disimular. Suavemente caía el cabello sobre la espalda; el color de su rostro al mismo mármol semejaba, y no ha existido cuello de cisne más blanco, airoso y suave que el suyo ni seno como aquél, en que parecían haberse dado cita todos los deleites. La gracia de sus movimientos era tal, que a nuestro joven se le derretía el cerebro siempre que la consideraba saludando a un transeúnte o a la amiga de enfrente. Cuando no estaba puesta al balcón, las voces de un soberbio piano la llevaban, trocada en armonías, a la zahúrda del pobre estudiante. Si no la admiraba, la oía: tal poder tiene el amor que se vale de todos los sentidos para consolidar su dominio pérfido. Pero, ¡extraño caso! jamás en el largo espacio de un trienio alzó la vista hacia el nido de Alejo, no observar aquella cosa fea que desde tan alto la miraba y la escuchaba con el puro fervor del idealismo.

«Añadamos que Alejo era miope: el estudio y las vigilias habían aumentado esta flaqueza que no le permitía distinguir tres sobre un asno. Felizmente, el autor de este libro goza una vista admirable, y, por lo tanto, puede ver desde la buhardilla de Alejo lo que éste no podía: la dama, tal cual era en su forma real, despojada de todos los encantos con que la fantasía de un miope la había revestido; las máculas que le salpicaban el rostro bastante empañado después de su quinto parto; podía advertir (y para esto hubo de reunir datos que facilitó cierta doncella) que para formar aquella sorprendente cabellera habían intervenido, primero Dios, que la creó no sabemos en qué cabeza, y después un peluquero muy hábil que se la arregló a la señora. También hubo de notar que no era su talle tan airoso como desde las boreales regiones de Alejo parecía, y que la nariz estaba teñida de un ligero rosicler, no suficiente a disimular su magnitud. En cuanto al piano, juraría que la dama no tocó en tres años otra cosa que un *pot-pourri* que empezaba en *Norma* y acababa en *Barba Azul*, pieza extravagante que su inhabilidad había compuesto de lo que oyó al maestro; y por último, por lo que respecta al seno, sería capaz de apostar que ...»

Al llegar aquí me interrumpieron. Desde que leí lo de las máculas, notaba yo ciertos murmullos mal contenidos. Fueron en crescendo, hasta que, llegando al citado pasaje, una exclamación de horror me cortó la palabra y me hizo suspender la lectura.

Cantarranas estaba nervioso, y la poetisa se abanicaba con furia, ciega de enojo y hecha un basilisco. No sé si he dicho que una de las cuatro personas de mi auditorio, era una poetisa. Creo llegada la ocasión de describir a esta ilustre hembra.

II

La cual pasaba por literata muy docta y de mucha fama en todo el mundo, por haber escrito varios tomos de poesía, y borronado madrigales en todos los álbumes de la humanidad. Cumpliendo cierta misteriosa ley fisionómica, era rubia como todas las poetisas, y obedeciendo a la misma fatalidad, alta y huesuda. La adornaba una muy picuda y afilada nariz, y una boca hecha de encargo para respirar por ella, pues no eran sus órganos respiratorios los más fáciles y expeditos. No sé qué tenían sus obras, que llevaban siempre el sello de su nariz, visión que me persiguió en sueños varias noches; y el mismo efecto de pesadilla me causaban dos rizos tan largos como poco frondosos, que de una y otra sien le colgaban. Por lo que el traje, dejaba traslucir, era fácil suponer su cuerpo como de lo más flaco, amojamado y pobrecillo que en Safos se acostumbra.

Era viuda, casada y soltera. Expliquémonos. Siempre se la oyó decir que era viuda; todos la tenían por casada, y era en realidad soltera. En una ocasión vivió en cierto lugar con un periodista provinciano, y allí pasaban por esposos. El infeliz consorte fue un mártir. Llamaba ella a las piernas *columnas del orden social*, lo cual no era sino gallarda figura retórica, que cubría su mortal aversión a coser pantalones. Ella no cogía los puntos a los calcetines, porque, poco fuerte en toda clase de ortografías, siempre tenía en boca aquella sabia máxima: *no se vive solo de pan*, apotegma con que quería disimular su absoluta ignorancia en materia de guisados. La novela era su pasión: en el folletín del periódico de su marido, publicó una que éste, aunque enemigo de prodigar elogios, calificaba de piramidal. Yo leí tres hojas, y confieso que no me pareció muy católica. También escribió otra que ella llamaba *eminentemente moral*. No quise moralizarme leyéndola, y regalé el ejemplar a mi criado, el cual lo traspasó a no sé quién.

Excuso reiterar la veneración que me infundía la tal señora por su competencia en el arte de novelar. Me había dicho repetidas veces que quería inculcarme alguno de sus elevados principios, y con este fin asistía como inexorable juez a la lectura.

La buena de la poetisa se escandalizó viendo el giro que yo daba a la acción. Rabiosamente idealista, como pretendían demostrar sus rizos y su nariz, no podía tolerar que en una ficción novelesca entrasen damas que no fueran la misma hermosura, galanes que no fueran la caballerosidad en persona. Por eso, saliendo a defender los fueros del idealismo, tomó la palabra, y con áspera y chillona voz, me dijo:

«¿Pero está usted loco? ¿Qué arte, qué ideal, qué estilo es ése? Usted escribirá sin duda para gente soez y sin delicadeza, no para espíritus distinguidos. Yo creí que se me había llamado para oír cosas más cultas, más elegantes. ¡Oh! No comprendo yo así la novela. Ya veo el sesgo que va usted a dar a eso: terminará con burlas indignas, como ha empezado. ¡Ay! ¡Encanallar una cosa que empezaba tan bien! Ahí está el germen de una alta obra moralizadora. ¡Qué lastima! Esa buhardilla, ese joven pobre que vive en ella, melancólicamente entretenido en contemplar a la dama del mirador ... y pasan días, y la mira ... y pasan noches, y la mira ... ¡Que me maten si con eso no era yo capaz de hacer dos tomos! Y esa dama misteriosa ... yo no diría quién era hasta el trigésimo capítulo. Tenía usted admirablemente preparado el terreno para componer una obra de largo aliento. ¡Qué lastima!

Al oír esto, no sé qué pasó por mí. Puesto que debo hacer confesión franca de mis impresiones, aunque me sean desfavorables, me veo precisado a decir que el dictamen de persona tan perita me desconcertó, de modo que en mucho tiempo no acerté a decir palabra. Sirva el rubor con que lo confieso de expiación a mi singular audacia y a la petulante idea de convocar tan esclarecido jurado, para dar a conocer uno de los más ridículos abortos que de mente humana han podido salir. Al fin me serené, gracias a algunas frases bondadosas del siempre magnífico Duque, y haciendo un esfuerzo, respondí a la poetisa:

«Y dado el principio de la novela; dados los dos personajes, la buhardilla, el cierro y lo demás, ¿qué discurría usted? ¿Cómo desarrollaría la acción? (Inútil es decir que al hacer estas preguntas solo me guiaba el deseo de aprender, apoderándome de las recetas que para componer sus artificios literarios usaba aquella incomparable sibila.)

—¡Oh! ¿Qué haría yo, dice usted? —repuso acercándose a mí con tal violencia, que pensé que me iba a saltar los ojos con su nariz—, qué haría yo? Seguramente había de *tirar* mucho partido de esos elementos. Supongamos que soy la autora: ese joven pobre es muy hermoso, es moreno e interesante, un tipo meridional, tórrido, un hijo del desierto. Desde su ventana mira constantemente a la joven, y pasa la noche oyendo el triste mayar de los tigres (así llamaremos por ahora a los gatos, hasta encontrar otro animal más poético), y desde allí se aniquila en el loco amor que le inspira aquella dama misteriosa, misterioooooosa ...¿Qué haré? ¡Dios mío! Primero describiría a la dama muy poética ... ticamente, muy lánguida, con cabellos rubios, muy rubios y flotantes, y una cintura así... (Al decir esto, hizo un ademán usual, determinando con los dedos pulgar e índice de ambas manos un circulo no más grande que la periferia de una cebolla.) La pintaría muy triste, vestida siempre de blanco, apoyada día y noche en el barandal, la mano en la mejilla, y contemplando la enredadera que, trepando como vegetal lagartija por los balcones, hasta sus mismos hombros llegaba.

—Le advierto a usted —dije con timidez— que yo no he puesto jardín, sino calle.

—No importa —respondió—; yo quito la calle y pongo pensiles. Continúo: la supondría siempre muy triste, y de vez en cuando una lágrima *asomaba* a sus ojos azules, semejando errante gota de rocío que se detiene a descansar en el cáliz de un jacinto. El joven mira a la dama; la dama no mira al joven. ¿Quién es aquella dama? ¿Es una esposa víctima, una hija mártir, una doncella pura, lanzada al torbellino de la sociedad por la furia de las pasiones? ¿Ama o aborrece? ¿Espera o teme? ¡Ah! Esto es lo que yo me guardaría muy bien de decir hasta el capítulo trigésimo, donde pondría el gran *golge teatral* de la obra. Veamos cómo desarrollaría la acción para lograr que se vieran y se conocieran los dos personajes. Un día la dama llora más que nunca, y mira más fijamente al jardín; su vestido es más blanco que nunca, y más rubios que nunca sus cabellos. Un pajarito que juguetea entre las matas viene a apoyarse en la enredadera, junto a la mano de la dama, y como al ver la yema del dedo gordo crea que es una cereza, la pica. La joven da un grito, y en el mismo momento el pajarillo *se salva* asustado, remonta el vuelo, y va a posarse en la buhardilla de enfrente. La dama alza la vista siguiendo al diminuto volátil, y ve ...¿a quién creeréis que ve? Al joven que ha estado doce capítulos comiéndosela con los ojos sin que ésta se dignara mirarle. Desde entonces, una corriente eléctrica se establece entre los dos amantes. ¡Se habían contemplado! ¡Ay!»

Al llegar aquí, volvíme casualmente hacia el Duque de Cantarranas: estaba pálido de emoción, una *lágrima se asomaba* a sus ojos verdes, semejando viajera gota de rocío que se detiene a reposar en el cáliz de una lechuga. Sentíame yo confundido, anonadado ante la pasmosa inventiva, la originalidad, el ingenio de aquella mujer, junto a quien las Safos y Staëlas eran literatas de tres al cuarto. De los demás personajes de mi auditorio, nada diré todavía.

«¡Bravo, soberbio! —exclamó Cantarranas aplaudiendo con fuerza y entusiasmándose, de tal modo, que se le saltó el mal pegado botón de la camisa, y las puntas del cuello postizo quedaron en el aire.»

—¿Le gusta a usted mi pensamiento? —preguntó la poetisa. Esto es el *canevas* tan solo; después viene el estilo y...

—Me entusiasma la idea —repliqué, apuntando con lápiz lo que ella con el mágico pincel de su fantasía dibujara.

—Ese es el camino que usted debe seguir añadió, dando a Cantarranas un alfiler para que afirmase el cuello.

—¡Oh! el recurso del pajarillo es encantador.

—El pajarillo —dijo Cantarranas— debe ser el intermediario entre la dama blanca y el joven meridional.

—Pues yo continuaría desarrollando la acción del modo siguiente —prosiguió ella—. Veamos: el joven tomó el pajarillo con sus delicados dedos y dándole algunas miguitas de pan, le alimentó varios días, consiguiendo domesticarle a fuerza de paciencia. Verá usted qué raro: le tenía suelto en el cuarto sin que intentara evadirse. Un día le ató un hilito en la pata y le echó a volar; el pájaro fue a posarse al balcón en donde estaba la dama, que le acarició mucho y le obsequió con migajitas de bizcocho mojadas en leche. Volvió después a la buhardilla; el joven le puso un billete atado al cuello, y el ave se lo llevó a la dama. Así se estableció una rápida, apasionada y volátil correspondencia, que duró tres meses. Aquí copiaría yo la correspondencia, que ocuparía medio libro, de lo más delicado y elegante. Él empezaba diciendo: «Ignorada señora: Los alados caracteres que le envío a usted, le dirán, etc.» Y ella contestaría: «Desconocido caballero: Con rubor y sobresalto he leído su epístola y mentiría si no le asegurara que desde luego he creído encontrar un leal amigo, un amigo nada más ...» Por esto de los amigos nada más se empieza. Así se prepara al lector a los grandes aspavientos amorosos que han de venir después.

—¡Qué ternura, qué suavidad, qué delicadeza! —dijo el Duque en el colmo de la admiración!

—Acepto el pensamiento —manifesté, anotando todo aquel discreto artificio para encajarlo después en mi obra como mejor me conviniese.

Después que la poetisa hubo mostrado en todo su esplendor, adornándole con las galanuras del estilo, su incomparable ingenio; después que me dejó corrido y vergonzoso por la diferencia que resultaba entre su inventiva maravillosa y el seco, estéril y encanijado parto de mi caletre, ¿cómo había de atreverme a continuar leyendo? Ni a dos tirones me harían despegar los labios; y allí mismo hubiera roto el manuscrito, si el Duque, que era la misma benevolencia, no me obligase a proseguir, con ruegos y cortesanías, que vencieron mi modestia y trocaron en valor mis fundados temores. Busqué, pues, en mi manuscrito el punto donde había quedado, y leí lo siguiente:

«El joven Alejo era pobre, muy pobre. (Bien —dijo la poetisa.) Sus padres habían muerto hacía algunos años, y solo con lo que le pasaba una tía suya, residente en Alicante, vivía, si vivir era aquello. La mala sopa y el peor cocido con que Doña Antonia de Trastamara y Peransúrez le alimentaba eran tales, que no bastarían para mantener en pie a un cartujo. Y aún así, Doña Antonia de Trastamara y Peransúrez, tan noble de apellido como fea de catadura, solía quejarse de que el huésped no pagaba; horrible acusación que hiela la sangre en las venas, pero que es cierta. (La poetisa articuló una censura que me resonó en el corazón como un eco siniestro.) Así es que con los doscientos reales que de Alicante venían, el pobre no tenía más que para palillos que era, en verdad, la cosa que menos necesitara. Luego las deudas se lo comían, y no podía echarse a la calle sin ver salir de cada adoquín un acreedor. Como era miope, las monedas falsas parece que le buscaban. ¡Singular atracción del bolsillo raras veces ocupado! En cuanto a distracciones, no tenía, aparte la dama citada, sino las murgas que en bandadas venían todas las noches, por entretener a la gente colgada de los balcones.

—¡Ay! ¡ay! —observó la poetisa—; eso de las murgas es deplorable. Ya ha vuelto usted a caer en la sentina.»

Al oír esto, otro de los personajes que me escuchaban rompió por primera vez su silencio, y con atronadora voz, dando en la mesa un puñetazo que nos asustó a todos, dijo:

«No está sino muy bien, magnífico, sorprendente. Pues qué, ¿todo ha de ser lloriqueos, blanduras, dengues, melosidades y tonterías? ¿Se escribe para doncellas de labor y viejas verdes, o para hombres formales y gentes de sentido común?»

Quien así hablaba era la tercera eminencia que componía el jurado, y me parece llegada la ocasión de describirlo.

III

Don Marcos había sido novelista. Desde que se casó con la comercianta en paños de la calle de Postas, dejó las musas, que no le produjeron nunca gran cosa ni le ayudaron a sacar el vientre de mal año. Continuaba, sin embargo, con sus aficiones; y ya que no se entregara al penoso trabajo de la creación, solía dedicarse al de la crítica, más fácil y llevadero. Siempre en sus novelas (la más célebre se titulaba *El Candil de Anastasio*) brillaba la realidad desnuda. De las muchas diferencias que existían entre su musa y la de Virgilio, la principal era que la de don Marcos huía de las sencillas y puras escenas de la naturaleza; y así como el pez no puede vivir fuera del agua, la musa susodicha no se encontraba en su centro fuera de las infectas buhardillas, de los húmedos sótanos, de todos los sitios desapacibles y repugnantes. Sus pinturas eran descarnados cuadros, y sus tipos predilectos los más extraños y deformes seres. Un curioso aficionado a la estadística, hizo constar que en una de sus novelas salían veintiocho jorobados, ochenta tuertos, sesenta mujeres *de estas que llaman del partido*, hasta dos docenas y media de viejos verdes, y otras tantas viejas embaucadoras. Su teatro era la alcantarilla, y un fango espeso y mal oliente cubría todos sus personajes. Y tal era el temperamento de aquel hombre insigne, que cuanto Dios crió lo veía feo, repugnante y asqueroso. Estos epítetos los encajaba en cada página, ensartados como cuentas de rosario. Era prolijo en las descripciones, deteniéndose más cuando el objeto reproducido estaba lleno de telarañas, habitado por las chinches o colonizado por la ilustre familia de las ratas, y su estilo tenía un desaliño sublime, remedio fiel del desorden de la tempestad. ¿Será preciso decir que usaba de mano maestra los más negros colores, y que sus personajes, sin excepción, morían ahogados en algún sumidero, asfixiados en laguna pestilencial, o asesinados con hacha, sierra u otra herramienta estrambótica? No es preciso, no, pues andan por el mundo, fatigando las prensas, más de tres docenas de novelas suyas, que pienso son leídas en toda la redondez del globo.

De su vida privada, se contaban mil aventuras a cual más interesantes. Mientras fue literato, su fama era grande, su hambre mucha, su peculio escaso, su porte de esos que llamamos de mal traer. El editor que compraba y publicaba sus lucubraciones, no era tan resuelto en el pagar como en el imprimir, achaque propio de quien comercia con el talento; y don Marcos, cuyo nombre sonaba desde las márgenes del Guadalete hasta las del Llobregat, desfallecía cubierto de laureles, sin más oro que el de su fantasía, ni otro caudal que el de su gloria. Pero quiso la suerte que la persona del insigne autor no pareciese costal de paja a una viuda que tenía comercio de lana y otros excesos en la calle de Postas; hubo tierna correspondencia, corteses visitas, honesto trato; y al fin uniólos Himeneo, no sin que todo aquel barrio murmurara sobre el por qué, cómo y cuándo de la boda. Lo que las musas lloraron este enlace, no es para contado; porque viéndose en la holgura, trocó el escritor los poco nutritivos laureles por la prosaica hartura de su nueva vida; y cuéntase que colgó su pluma de una espetera, como Cide Hamete, para que de ningún ramplón novelista fuera en lo sucesivo tocada. Después de larga Luna de miel, cual nunca se ha visto en comerciantes de tela, se afirma que no reinó siempre en el hogar la paz más octaviana. No están conformes los biógrafos de don Marcos en la causa de ciertas riñas, que pusieron a la esposa en peligro de morir a manos de su esposo: unos lo atribuyen a veleidades del escritor; otros más concienzudos, y buscando siempre las causas recónditas de los sucesos humanos, a que el pesimismo adquirido cultivando las letras infiltróse de tal modo en su pensamiento, que llenó su vida de melancolía y fastidio. ¡Tal influjo tienen las grandes ideas en las grandes almas!

A los ojos del profano vulgo, don Marcos era siempre el mismo. Aconsejaba a los jóvenes, procurando guiarles por el camino de la alcantarilla. Daba su opinión siempre que se la pidieran, y no negaba elogios a los escritores noveles, siempre que fuesen de su escuela colorista, que era la escuela del betún.

Este es el tercer personaje de los cuatro que formaban mi auditorio, y éste el que expuso su modo de pensar, diciendo:

«No está sino muy bien. Hay que pintar la vida tal como es: repugnante, soez, grosera. El mundo es así: no nos toca a nosotros reformarlo, suponiéndolo a nuestro capricho y antojo; nos cumple solo retratar las cosas como son, y las cosas son feas. Ese joven que usted ha pintado ahí tiene demasiada luz, y le hace falta una buena dosis de negro. Hoy no saben dar claro-oscuro al estilo, y desde que han dejado de escribir ciertas personas que yo me sé, está la novela por los suelos. Si usted quiere hacer una obra ejemplar, rodee a ese caballerito de toda clase de lástimas y miserias; arroje usted sobre él la sombra siniestra de la sociedad, y la tal sociedad es de lo más repugnante, asqueroso e inmundo que yo me he echado a la cara. Y después, si le conviene ofrecer una lección moral a sus lectores, haga que el chico se trueque de la noche a la mañana, por la sola fuerza del hambre y del hastío, en un ser abyecto, revelando así el fondo de inmundicia que en el corazón de todo ser humano existe. Preséntele usted con toda la negra realidad de la vida, braceando en este océano de cieno, sin poder flotar, y ahogándose, ahogándose, ahogándose... Pero, eso sí, déjele usted que se enamore con hidrofobia de la dama de enfrente, porque en ese gran recurso dramático ha de cimentarse todo el edificio novelesco. Si yo me encargara de desarrollar el plan, lo haría de ingenioso modo, nunca visto ni en novelas ni en dramas.

—¿A ver, a ver? —interrogamos todos, yo por afán de penetrar los pensamientos literarios mi amigo; los demás por curiosidad y deseo de ver en todo su horror la cloaca intelectual de aquel atroz ingenio.

—Yo haría lo siguiente —continuó—: le supondría muy desesperado, sin saber qué hace para comunicarse y entablar relaciones con la dama de enfrente. Suprimo eso del pajarito, que es insufrible. (La poetisa dejó traslucir, con un movimiento de indignación, su ultrajado amor de madre.) Él piensa unas veces meterse a bandido para robar a la dama; otras se le ocurre quemar la casa para sacar a la señora en brazos. Entre tanto se pone flaco, amarillo, cadavérico, con aspecto de loco o de brujo: la casa se cae a pedazos, y en su miseria se ve obligado a comer ratas. (Cantarranas cerró los ojos después de mirar al cielo con angustia.) Un día se le pasa por las mientes un ardid ingenioso, y para esto tengo que suponer que vive, no en la casa de enfrente, sino en la buhardilla de la misma casa. Modificada de este modo la escena, fácil es comprender su plan, que consiste en introducirse por el cañón de la chimenea y colarse hasta el piso principal.

—¡Qué horror! —exclamó la poetisa tapándose la cara con las manos—. ¡Se va a tiznar! ¡Si al menos tuviera donde lavarse antes de presentarse a ella!...

—No importa que se tizne —continuó el novelista—. Yo pintaría a la dama muy hermosa, sí, pero con una contracción en el rostro que denotara sus feroces instintos. Ha tenido muchos amantes; es mujer caprichosa: uno de esos caracteres corrompidos que tanto abundan en la sociedad, marcando los distintos grados de relajación a que llega en cada etapa la especie humana. Ha tenido, como decía, muchísimos querindangos, y al fin viene a enamorarse de un negro traído de Cuba por cierto banquero, que es un agiotista inicuo, un bandolero de frac.

Con estos antecedentes, ya puedo desarrollar la situación dramática, de un efecto horriblemente sublime. Veamos: ella está en su cuarto, lánguidamente sentada junto a un veladorcillo, y piensa en el Apolo de Azabache, charolado objeto de su pasión. Hojea un álbum, y de tiempo en tiempo su rostro se contrae con aquel siniestro mohín que la hace tan espantablemente guapa. De repente se siente ruido en la chimenea: la dama tiembla, mira, y ve que de ella sale saltando por encima de los leños encendidos, un hombre tiznado: en su delirio cree que es el negro: domínanla al mismo tiempo el estupor y la concupiscencia. La luz se apaga. ¡Pataplún!... ¿Qué les parece a ustedes esta situación?

—Digo que es usted el mismo demonio o tiene algún mágico encantador que lo inspire tan admirables cosas —respondí confuso ante la donosa invención de don Marcos, que me parecía en aquel momento superior cuantos, entre antiguos y modernos, habían imaginado las más sutiles trazas de novela.

La poetisa estaba un tanto cabizbaja, no se si porque le parecía mejor lo suyo o porque, teniendo por detestable el engendro de don Marcos, consideraba a qué límite de fatal extravío pueden llegar los más esclarecidos entendimientos. No estará de más que con la mayor reserva diga yo aquí, para ilustrar a mis lectores, que la poetisa tenía, entre otros, un defecto que suele ser cosa corriente entre las hembras que agarran la pluma cuando solo para la aguja sirven, es decir, la envidia.

«Pues verán ustedes ahora —continuó don Marcos— cómo armo yo el desenlace de tan estupendo suceso. A la mañana siguiente hállase la dama en su tocador, y ha gastado dos pastas de jabón en quitarse el tizne de la cara. Su rabia es inmensa: está furiosa; ha descubierto el engaño, y en su desesperación da unos chillidos que se oyen desde la calle. El joven, por su parte, trata de huir, al ver el enojo de la que adora. Quiere matar al desconocido mandinga, de quien está celosísimo; pero en lugar de bajar la escalera, se ve obligado a subir por el mismo cañón de la chimenea para no ser visto de cierto Conde que entra a la sazón en la casa.

La fatalidad hace que no pueda subir por el cañón, habiendo sido tan fácil la bajada; y mientras forcejea trabajosamente para ascender, resbala y cae al sótano, y de allí, sin saber cómo, a un sumidero, yendo a parar a la alcantarilla, donde se ahoga como una rata. La ronda le encuentra al día siguiente, y le llevan, en los carros de la basura, al cementerio. Como aquí no tenemos *Morgue*, es preciso renunciar a un buen efecto final.»

Así habló el realista don Marcos. Cantarranas estaba más nervioso que nunca, y la poetisa sacó un pomito de esencias, para aplicarlo al cartucho que tenía por nariz: este singular pomito era el *flacon* que había visto en todas las novelas francesas. Es la verdad que don Marcos le inspiraba profunda repugnancia, y por eso le llamaba ella *barril de prosa*, sin duda por vengarse del otro, que en cierto artículo critico la llamó una vez *espuerta de tonterías*.

Yo no sabía qué hacer en presencia de dos fallos tan autorizados y al mismo tiempo tan contradictorios. Vacilaba entre figurar a mi héroe dando migajas de pan al pajarito, o metiendo la cabeza en los sumideros del palacio de su amada. Miré al magnífico Duque, y le vi con la cabeza gacha y colgante, como higo maduro. La poetisa se hallaba en un paroxismo de furor secreto. ¿Cómo podía yo decidirme por una solución contraria a las ideas de Cantarranas, cuando éste era mi Mecenas, o, para valerme de una de sus más queridas figuras, corpulento roble que daba sombra a este modesto hisopo de los campos literarios? Y al mismo tiempo, ¿cómo desairar a Don Marcos, tan experimentado en artes de novela? ¿Cómo renunciar a su plan, que era el más nuevo, el más extraño, el más atrevido, el más sorprendente de cuántos había concebido la humana fantasía? En tan crítica situación me hallaba con el manuscrito en las manos, la boca abierta, los ojos asombrados, indeciso el magín y agitado el pecho, cuando vino a sacarme de mi estupor y a cortar el hilo de mis dudas la voz del cuarto de los personajes que el jurado componían. Hasta entonces había permanecido mudo, en una butaca vieja, cuyas crines por innumerables agujeros se salían: allí estaba, con aspecto de esfinge, acentuado por la singular expresión de su rostro severo. Creo que ha llegado la ocasión de describir a este personaje, el más importante sin duda de los cuatro, y voy a hacerlo.

IV

Si cuarenta años de incansable laboriosidad, de continuos servicios prestados al arte, a las letras y a la juventud, son título bastante para elevar a un hombre sobre sus contemporáneos, ninguno debiera estar más por cima de la vulgar muchedumbre que don Severiano Carranza, conocido entre los árcades de Roma por *Flavonio Mastodontiano*. Era casi académico, porque siempre que vacaba un sillón se presentaba candidato, aunque nunca quisieron elegirle. Su fuerte era la erudición; espigaba en todos los campos: en la historia, en la poesía, en las artes bellas, en la filosofía, en la numismática, en la indumentaria. Recuerdo su última obra, que estremeció al mundo de polo a polo, por tratar de una cuestión grave, a saber: de si el Arcipreste de Hita tenía o no la costumbre de ponerse las medias al revés, decidiéndose nuestro autor por la negativa, con gran escándalo y algazara de las Academias de Leipsick, Gottinga, Edimburgo y Ratisbona, las cuales dijeron que el célebre Carranza era un alma de cántaro al atreverse a negar un hecho que formaba parte del tesoro de creencias de la humanidad. ¿Pues y su disertación sobre los colmillos del jabalí de Erymantho, que fue causa de un sin fin de mordiscadas entre los más famosos eruditos? No diré nada, pues corre en manos de todo el mundo, de su famoso discurso sobre el modo de combinar las *tes* y las *des* en el metro de Arte Mayor, el cual le alzara a los cuernos de la Luna, si antes, para gloria de España y enaltecimiento de sí propio, no hubiera escrito y dado a la estampa la nunca bastante encarecida *Oda a la invención de la pólvora*, en que llamaba a este producto químico *atmósfera flamínea*. Esta es su única obra de fantasía. Las demás son todas eruditas, porque vive consagrado a los apuntes. Como crítico, no se le igualaba ni el mismo Cantarranas, aunque no faltan bió-grafos que le equiparan a él, y hubo alguno que aseguró le aventajaba en muchas cosas. Basta decir que Carranza había leído cuanto salió de plumas humanas, siendo de notar que todo libro que pasase por su memoria dejaba en ella un pequeño sedimento o depósito, aunque no fuera más grande que una gota de agua.

No había fecha que él no supiera, ni nombre que ignorara, ni dato que le fuera desconocido, ni coincidencia que se escapase a su penetración y colosal memoria. Bien es verdad que de este almacén sacaba el cargamento de sus críticas, las cuales tenían más de indigestas que de sabrosas, porque no existe cosa antigua que no sacara a colación, ni autor clásico que no desenterrara a cada paso para llevarle y traerle como a los gigantones en día de Corpus. Escribiendo, era prolijo: su estilo se componía de las más crespas y ensortijadas frases que es dado imaginar. Pulía de tal modo su prosa, que parecía una cabellera con cosmético y bandolina, pudiendo servir de espejo; y sus versos eran tales, que se les creerían rizados con tenacillas. Nunca re-pitió una palabra en un mismo pliego de papel, por miedo a las redundancias y sonsonetes. En cierta ocasión, habiendo hablado en un artículo del mondadientes de marfil de una dama, viéndose obligado a repetirlo por la fuerza de la sintaxis y pareciéndole vulgar la palabra palillo, llamó a aquel objeto el *ebúrneo estilete*. Por esta razón aparecían en sus escritos unas palabrejas que sus enemigos, en el furor de la envidia, llamaban estrambóticas. Tratarle a él de pedante era cosa corriente entre los malignos gaceterillos, que molestan siempre a los grandes hombres, como las pulgas al león.

La persona del erudito Carranza era tan notable como sus obras. Componíase de un destroncado cuerpo sobre dos no muy iguales piernas, brazos pequeños y los hombros cansadísimos; exornando todo el edificio un sombrero monumental, bajo el cual solía verse, en días despejados, la cabeza más arqueológica que ha existido. Después de la corbata, que afectaba cierto desaliño, lo que más descollaba era la boca, donde en un tiempo moraron todas las gracias, y ahora no quedaba ni un diente; y la nariz hubiera sido lo más inverosímil de aquel rostro si no ocuparan el primer lugar unos espejuelos voluminosos tras los cuales el ojo perspicaz y certero del crítico fulguraba.

Estos ojos fueron los que me miraron con severidad que me turbó; esta boca fue la que con voz tan solemne como cascada, tomó la palabra y dijo:

«¡Oh extravío de las imaginaciones juveniles! ¡Oh ruindad de sentimientos! ¡Oh corrupción del siglo! ¡Oh bajeza de ideas! ¡Oh pérdida del buen gusto! ¡Oh aniquilamiento de las clásicas reglas! ¿Hay más formidable máquina de disparates que la que usted escribió ni mayor balumba de despropósitos que la que esa señora y ese caballero han dicho? ¿En qué tiempos vivimos? ¿Qué república tenemos? Vaya usted, señora, a coser sus calcetas y a espumar el puchero, y usted don Marcos, a cuidar sus hijos si los ha, y usted, joven, a aprender un oficio, que más cuenta le tiene cualquier ocupación, aunque sea ingrata y vil, que componer libros. Pues qué, ¿es el campo de las letras dehesa de pasto para toda clase de *pecus*, o jardín frondosísimo donde solo los más delicados ingenios pueden hallar deleites y amenidades? Id, cocineros del pensamiento, a condimentar vulgares sopas y no sabrosos platos; que no es dado a tan groseras manos preparar los exquisitos manjares que se sirven en el ágape de los dioses.»

Como Semíramis cuando ve aparecer la sombra de Nino para echarle en cara sus trapicheos; como Hamlet cuando oye al espectro de su padre revelándole los delitos de la señá Gertrudis; como Moisés cuando vislumbra a Jehová en la zarza ardiente, así nos quedamos todos: mudos, fríos, petrificados de espanto. El apóstrofe de aquel hombre, tenido por un oráculo; su singular aspecto, su severa mirada y el eco de su vocecilla, nos infundieron tal pavor, que hubo de transcurrir buen espacio de tiempo antes que yo tomase aliento, y sacara la poetisa su *flacon*, y cerrara la boca el excelente Duque.

Al fin nos repusimos del terror, y Carranza, advirtiendo el buen efecto que sus palabras habían producido, arremetió de nuevo contra nosotros, y de tal modo se ensañó con don Marcos, que pienso no le quedara hueso sano. La poetisa estaba turulata y no hacía más que abanicarse para disimular su enojo, mientras Cantarranas parecía inclinado, en fuerza de su natural bondad, a ponerse de parte del tremendo crítico.

«¡Y para esto me han llamado! —decía éste—. La culpa tiene quien, dejando serias ocupaciones y la sabrosa compañía de las musas, asiste a estas lecturas, donde le hacen echar los bofes con tantísimo desatino.»

Entonces yo, desafiando con un arrojo que ahora me espanta la cólera del Aristarco, le dije:

«Pero ya que he tenido la osadía de traerle a usted aquí, oh varón insigne, ¿no me será permitido pedirle la más gran merced que hacerme pudiera, ayudando con sus luces a mejorar este engendro mío que con tan mala estrella viene al mundo?

—Sí, lo haré de muy buen grado —contestó el sabio, trocándose repentinamente en el hombre más suave y meloso de la tierra—. Voy a decir cómo desarrollaría yo mi pensamiento; pero han de prometerme que no he de ser interrumpido por aplausos ni otra manifestación semejante. Empezaré, pues, declarando que yo colocaría la acción de mi obra en tiempos remotos, en los tiempos pintorescos e interesantes, cuando no había alumbrado público, y sí muchas rondas y gran número de corchetes; cuando los galanes se abrían en canal por una palabrilla, y las damas andaban con manto por esas callejuelas, seguidas de Celestinas y rodrigones; cuando se guardaba con siete llaves el honor, sin que eso quiera decir que no se perdiese en un santiamén. Yo no sé cómo hay ingenios tan romos que novelan con cosas y personas de la época presente, donde no existen elementos literarios, según todos los hombres doctos hemos probado plenamente. Al demonio no se le ocurriría pintar aventuras en una calle empedrada y con faroles de gas. Por Dios y por los santos, ¿cabe nada más ridículo que un diálogo amoroso, en que aparece a cada momento la palabra *usted*, hecha para preguntar cómo está el tiempo, los precios de la carne, etc.?... Pues bien: yo figuraría mis personajes en el siglo XVII, y abriría la escena con gran ruido de cuchilladas y muchos *pardieces* y *voto a sanes*; después el ir y venir de los alguaciles, y, por último, la voz cascada de una vieja alcahueta que acude con su farolito a reconocer la cara del muerto.»

Todos nos mirábamos, sorprendidos ante el pintoresco cuadro que en un periquete había trazado aquel maestro incomparable.

«El joven pobre que ha puesto usted en la buhardilla, donde está muy retebién, le figuraría yo un hidalgo de provincias, sin blanca y con malísima estrella. Ha llegado a Madrid en busca de fortuna, y solicita que le hagan capitán de Tercios, para lo cual anda de ceca en meca, sin poder conseguir otra cosa que desprecios. La dama de enfrente es de la más alta nobleza, hija de algún montero mayor de la Casa Real, o cosa por el estilo, lo cual hace que tenga entrada en Palacio, y sea bien quista de Reyes, Príncipes e Infantes. Meteremos en el ajo algún rapabarbas o criado socarrón que haga de tercero, porque novela o comedia sin rapista charlatán y enredador, es olla sin tocino y sermón sin agustino. ¡Y cómo había yo de pintar las escenas de tabernas, las cuchilladas, las pendencias que dirige siempre un tal Maese Blas o Maese Pedrillo! ¿Pues y las escenas de amor? ¡Qué discreción, qué ternezas, qué riqueza metafórica había yo de poner allí! Carta acá, carta allá, y entrevista en las Descalzas todos los días, porque la Condesa vieja es tan devota, que no se mueve un clérigo ni fraile en las iglesias de Madrid sin que ella vaya a meter sus narices en la función. El hidalguillo tañe su laúd que se las pela, y la dama le manda décimas y quintillas. Ambos están muy amartelados. Pero cata aquí que el padre, que es un Condazo muy serio, con su gorguera de encajes que parece un Sol, gran talabarte de pieles y unos gregüescos como dos colchones, quiere que se case con Don Gaspar Hinojosa, Afán de Rivera, etc., etc., etc., que es Contralor, hijo del Virrey de Nápoles, y Secretario del general *qué sé yo cuántos*, que ha tomado a

Amberes, Ostende, Maestrich u otra plaza cualquiera. El Rey tiene gran empeño en estas nupcias, y la Reina dice que quiere ser madrina del bodorrio. Ahora es ella. La dama está fuera de sí, y el hidalguillo se rompe la cabeza para inventar un ardid cualquiera que le saque de tan espantoso laberinto. ¡Oh terrible obstáculo! ¡Oh inesperado suceso! ¡Oh veleidades del destino! ¡Oh amargor de la vida! Lo peor y más trágico del caso es que el padre se ha enterado de que hay un galán que corteja a la niña, y se enfurece de tal modo, que si le coge, le parte la cabeza en dos con su espada toledana. Cuenta al Rey lo que pasa; la Reina le echa fuerte reprimenda a nuestra heroína, y todos convienen en que el galán aquél es un majagranzas, que no merece ni descalzarle el chapín a la doncella. El mozo ya no rasca laúdes ni vihuelas, y se pasea por el Cerrillo de San Blas muy cabizbajo y melancólico. Los criados del Conde le andan buscando para darle una paliza; pero escapa de ella, gracias a las tretas del socarrón de su lacayo, que no por estar muerto de hambre deja de ser maestro en artimañas y sutilezas. Los amantes van a ser separados para siempre. Y lo peor es que el don Gaspar se enfurruña, y ya no quiere casarse, y dice que si topa en la calle al pobre hidalgo, le pondrá como nuevo. ¿Qué hacer? ¡Tate!... Aquí está el *quid* de la dificultad ¿Cómo desenredar esta enmarañada madeja? Pues verán ustedes de qué manera ingeniosa, con qué donosura y originalidad desato yo este intrincado nudo, en que el lector, suspenso de los imaginarios hechos, los mira como si fuesen reales y efectivos. ¿Que les parece a ustedes que voy a inventar? ¿A ver?»

Todos nos quedamos con la boca abierta, sin saber qué contestarle. Yo, sobre todo, ¿cómo había de imaginar cosa alguna que igualara a los profundos pensamientos de aquel pozo de ciencia?

«Pues verán ustedes —prosiguió—. Hallándose las cosas como he dicho, de repente... ¡Qué novedad! ¡Qué agudísima e inesperada anagnórisis!... Pues es el caso que el muchacho tiene un tío, oidor en Indias. Este tío oidor, que es todo un letrado y persona de pro, muere legando un caudal inmenso; de modo que cuando menos se lo piensa, el hidalguillo se ve con doscientos mil escudos en el arca, y es más rico que el Conde de enfrente. Cátate que en un momento le obsequian todos y le guardan más miramientos que si fuera el mismo Duque de Lerma, Ministro universal. El padre de la dama se ablanda; ésta se marcha a Platerías diciendo que va a comprar unas arracadas, pero con el disimulado fin de ver al hidalguillo y oír de sus mismo labios la noticia de la herencia; la Reina se desenoja; el Rey dice que les ha de casar, o deja de ser quien es. Don Gaspar se va furioso a las guerras de la Valtellina, donde le matan de un arcabuzazo, y, por fin, los dos jóvenes se casan, son muy obsequiados, y viven luengos años en paz y en gracia de Dios. Así, señores, desarrollaría yo el pensamiento de esta novela, que, expuesta de tal modo, pienso no sería igualada por ninguna de cuantas en lengua italiana o española se han escrito, desde Bocaccio hasta Vicente Espinel, que yo las he leído todas, y aquí pudiera referirlas *ce* por *be*, sin que me quedara una en la cuenta.»

Aquí terminó el dictamen de don Severiano Carranza, fénix de los literatos. Esta lección tercera era ya demasiado carga de bochorno y humillación para mí. Y ¿cómo había yo de continuar leyendo, si en un dos por tres me habían mostrado aquellos personajes la flaqueza de mi entendimiento, apto tan solo para bajas empresas? Me afrentaron, y de sus enseñanzas saque menos provecho que vergüenza. Sí: lo digo con la entereza del que ya ha desistido de caminar por el escabroso sendero de la literatura, y confiesa todos sus yerros y ridiculeces. Cuando don Severiano acabó, la poetisa hizo un mohín de fastidio, señal de que el discurso no le había parecido de perlas, don Marcos se reía del insigne erudito, y el Duque de Cantarranas ... (rubor me cuesta el confesarlo, porque le estimo sobremanera, y desearía ocultar todo lo que le menoscabase; pero la imparcialidad me obliga a decirlo) el Duque se había dormido, cosa inexplicable en quien siempre fue la misma cortesía.

Otro suceso doloroso tengo que referir, y sabe Dios cuánto me cuesta revelar cosas que puedan oscurecer algún tanto la fama que rodea a estas cuatro venerandas personas. ¿Revelaré este funesto incidente? ¿Llevaré la mundanal consideración y el efecto particular hasta el extremo de callar la verdad, hija de Dios, sin la cual ninguna cosa va a derechas en este mundo? No; que antes que nada es mi conciencia, y además, si enseño una flaqueza de mis cuatro amigos, no por eso van a perder la estimación general quienes tantos y tan grandes merecimientos y títulos de gloria reúnen. Hay momentos en que los más rutilantes espíritus sufren pasajero eclipse, y entonces, mostrándose la naturaleza en toda su desnudez, aparecen las malas pasiones que bullen siempre en el fondo del alma humana.

Esto fue lo que pasó a mis cuatro jueces en aquella noche funesta. Sucedió que unas palabras de don Marcos, que fue siempre algo deslenguado, irritaron al augusto crítico. Quiso intervenir Cantarranas, y como la poetisa dijese no sé qué tontería de las muchas que tenía en la cabeza, don Marcos la increpó duramente; salió a defenderla con singular tesón el Duque, y recibió de pasada, y como sin querer, un furibundo sopapo. Desde entonces fue aquello un campo de Agramante, y es imposible pintar el jaleo que se armó. Daba el erudito a don Marcos, don Marcos al Duque, este al erudito, el cual se vengaba en la poetisa, que arañaba a todos y chillaba como un estornino, siendo tal la baraúnda, que no parecía sino que una legión de demonios se había metido en mi casa. No pararon los irritados combatientes hasta que don Marcos no derramó sangre a raudales, rasguñado por la poetisa; hasta que ésta no se desmayó, dejando caer sus postizos bucles, y haciéndome en la frente un chichón del tamaño de una nuez; hasta que el Duque no se le fraccionó en dos pedazos completos la mejor levita que tenía; hasta que Carranza no perdió sus espejuelos y la peluca, que era bermeja y muy sebosa.

Así terminó la sesión que ha dejado en mí recuerdos pavorosos. He revelado esta lamentable escena por amor a la verdad y porque debo ser severo con aquellos que más valen y más fama gozan. De todos modos, si hago esta confesión, no es con ánimo de publicar debilidades, sino por hacer patente lo miserable de la naturaleza humana, que aún en los más elevados caracteres deja ver alguna ocasión su fondo de perversidad.

V

De la novela, inocente causa de tan reñida controversia y desbarajuste final, ¿que he de decir, sino que salió cual engendrada en aciaga noche de escándalo? Como quise adoptar las ideas de cada uno, por parecerme todas excelentes, mi obra resultó análoga a esas capas tan llenas de remiendos y pegotes, que no se puede saber cuál es el color y la tela primitivos. Después de la introducción que he leído, adopté el pensamiento del pajarito y le puse de intermediario entre los dos amantes. Luego, pareciéndome de perlas el incidente de la chimenea, hice que Alejo mudara a la casa de enfrente, y que una noche se deslizara muy callandito por el interior del ennegrecido tubo, apareciéndose a la dama cuando ésta se percataba menos. Lo del negro no me fue posible introducirlo; pero sí el magnífico desenlace del tío en Indias, ideado por el fénix de los críticos, aunque no pude suponerle oidor sino tabernero, diferencia que importa poco para el caso. Así la novela, como hija de distintos progenitores, venía a ser la cosa más pintoresca, variada y original del mundo, y bien podía decir su autor: *«yo, el menor padre de todos...»* Imprimía, porque ningún editor la quería tomar, aunque yo, llevando mi modestia hasta lo sublime, la daba por ochenta reales al contado, y otros ochenta, pagaderos a plazos de dos duros en dos años.

La puse a la venta en las principales librerías, y en un lustro que ha corrido llevo despachada la friolera de tres ejemplares, con más los que me tomaron al fiado, y que espero cobrar, si la cosecha es buena, en el próximo otoño. Un librero de Sevilla me ha prometido comprarme un ejemplar, si le hago una rebaja de dos reales; y este pedido, con otras proposiciones que me dirigen de lejanas tierras, me hace esperar que venderé hasta diez en todo lo que queda de año. No puedo quejarme, en verdad, porque yo sé que si las cosas estuvieran mejor y sobrase dinero en el país, no había de quedar un ejemplar para muestra.

De todos modos, me consuela la singular protección que me dispensa, ahora como antes, el Duque de Cantarranas, mi ilustre Mecenas, quien ha podido conseguir de un amigo suyo, dueño de una tienda de ultramarinos, que me compre media edición al peso, y a veinticinco reales la arroba. Si, merced a la solicitud del prócer ilustre, consigo realizar este negocio, me servirá de estímulo para proseguir por el fatigoso camino de las letras, que si tiene toda clase de espinas y zarzales en su largo trayecto, también nos conduce, como sin querer, a la holgura, a la satisfacción y a la gloria.

Madrid, Septiembre de 1872.

La princesa y el granuja

I

Pacorrito Migajas era un gran personaje. Alzaba del suelo poco más de tres cuartas, y su edad apenas pasaba de los siete años. Tenía la piel curtida del Sol y del aire, y una carilla avejentada que más bien le hacía parecer enano que niño. Sus ojos eran negros y vividores, con grandes pestañas como alambres y resplandor de pillería. Pero su boca daba miedo de puro fea, y sus orejas, al modo de aventadores, antes parecían pegadas que nacidas. Vestía gallardamente una camisa de todos colores, por lo sucia, y pantalón hecho de remiendos, sostenido con un solo tirante. En invierno abrigábase con una chaqueta que fue de su señor abuelo, la cual, después de cortadas las mangas por el codo, a Pacorrito le venía que ni pintada para gabán. En el cuello le daba varias vueltas, a manera de serpiente, un guiñapo con aspiraciones de bufanda, y cubría la mollera con una gorrita que afanó en el Rastro. No usaba zapatos, por serle esta prenda de grandísimo estorbo, ni tampoco medias, porque le molestaba el punto.

La familia de Pacorrito Migajas no podía ser más ilustre. Su padre, acusado de intentar un escalo por la alcantarilla, fue a tomar aires a Ceuta, donde murió. Su madre, una señora muy apersonada que por muchos años tuvo puesto de castañas en la Cava de San Miguel, fue también metida en líos de justicia, y después de muchos embrollos, y dimes y diretes con jueces y escribanos, me la empaquetaron para el penal de Alcalá. Aún quedaba a Pacorrito su hermana, pero ésta, abandonando su plaza en la Fábrica de Tabacos, corrió a Sevilla en amoroso seguimiento de un cabo de Artillería, y esta es la hora en que no ha vuelto. Estaba, pues, Migajas solo en el mundo, sin más familia que él mismo, sin más amparo que el de Dios, ni otro guía que su propia voluntad.

II

¿Pero creerá el pío lector que Pacorrito se acobardó al verse solo? Ni por pienso. Había tenido ocasión, en su breve existencia, de conocer los vaivenes del mundo, y algo de lo falso y mentiroso que encierra esta vida miserable. Llenándose de energía, afrontó la situación como un héroe.

Afortunadamente, tenía buenas relaciones con diversa gente de su estofa y aun con hombres barbudos que parecían dispuestos a protegerle, y bulle que bulle, aquí me meto y allí me saco, consiguió dominar su triste estado.

Vendía fósforos, periódicos y algún billete de Lotería, tres ramos mercantiles que, explotados con inteligencia, podían asegurarle honradas ganancias; así es que a Pacorrito nunca le faltaban cuatro cuartos en el bolsillo para sacar de un apuro a un compañero, o para obsequiar a las amigas.

No le inquietaban gran cosa ni las molestias del domicilio ni las exigencias del casero. Sus palacios eran el Prado en verano, y en invierno los portales de la casa Panadería. Varón sobrio y enemigo de pompas mundanas, se contentaba con un rincón cualquiera donde pasar la noche. Comía, como los pájaros, lo que encontraba, sin que jamás se apurase por esto, a causa de la conformidad religiosa que existía en su alma, y de su instintiva fe en los misteriosos auxilios de la Providencia, que a ningún ser grande ni chico desampara.

Los que esto lean creerán que Migajas era feliz. Parece natural que lo fuese. Si carecía de familia, gozaba de preciosísima libertad, y como sus necesidades eran escasas, vivía holgadamente de su trabajo, sin deber nada a nadie, sin que le quitaran el sueño cuidados ni ambiciones; pobre, pero tranquilo; desnudo el cuerpo, pero lleno de paz sabrosa el espíritu. Pues a pesar de esto, el señor de Migajas no era feliz. ¿Por qué? Porque estaba enamorado hasta las gachas, como suele decirse.

Sí, señores: aquel Pacorrito tan pequeño y tan feo y tan pobre y tan solo, amaba. ¡Ley inexorable de la vida, que no permite a ningún ser, cualquiera que sea, redimirse del despótico yugo del amor.

Amaba nuestro héroe con soñador idealismo, libre de todo pensamiento impuro, a veces con ardoroso fuego que en sus venas ponía un hervor de todos los demonios. Su corazón volcánico tenía sensaciones de todas clases para el objeto amado, ora dulces y platónicas como las de Petrarca, ora arrebatadas como las de Romeo.

¿Y quién había inspirado a Pacorrito pasión tan terrible? Pues una dama que arrastraba vestidos de seda y terciopelo con vistosas pieles; una dama de cabellos rubios, que en bucles descendían sobre su alabastrino cuello.

La tal solía gastar quevedos de oro, y a veces estaba sentada al piano tres días seguidos.

III

Sabed cómo la conoció Pacorro y quién era aquélla celestial hermosura. Extendía el chico la esfera de sus operaciones mercantiles por la mitad de una de las calles que afluyen a la Puerta del Sol, calle muy concurrida y con hermosas tiendas, que de día ostentan en sus escaparates mil prodigios de la industria, y por las noches se iluminan con la resplandeciente claridad del gas. Entre estas tiendas, la más bonita es una que pertenece a un alemán, siempre llena de bagatelas preciosísimas destinadas a grandes y pequeños. Es el bazar de la infancia infantil y de la adulta. Por Carnaval se llena de caretas burlescas; en Semana Santa de figuras piadosas; hacia Navidad de Nacimientos y árboles cargados de juguetes, y por Año Nuevo de magníficos objetos para regalos.

La pasión frenética de Pacorrito empezó cuando el alemán puso en su vitrina una encantadora colección de damas vestidas con los ricos trajes que imagina la fantasía parisiense. Casi todas tenían más de media vara de estatura. Sus rostros eran de fina y purificada cera, y ningún carmín de frescas rosas se igualaba al rubor de sus castas mejillas. Sus azules ojos de vidrio brillaban inmóviles con más fulgor que la pupila humana. Sus cabellos, de suavísima lana rizada, podían compararse, con más razón que los de muchas damas, a los rayos del Sol; y las fresas de Abril, las cerezas de Mayo y el coral de los hondos mares, parecían cosa fea en comparación de sus labios rojos.

Eran tan juiciosas, que jamás se movían del sitio en que las colocaban. Solo crujía el gozne de madera de sus rodillas, hombros y codos, cuando el alemán las sentaba al piano, o las hacía tomar los lentes para mirar a la calle. De resto, no daban nada que hacer, y jamás se les oyó decir esta boca es mía.

Entre ellas había ¡ay qué hembra! la más hermosa, la más alta, la más simpática, la más esbelta, la mejor vestida, la más señora. Debía de ser mujer de elevada categoría, a juzgar por su ademán grave y pomposo, y cierto airecillo de protección que a maravilla le sentaba.

—¡Gran mujer! —dijo Pacorrito la primera vez que la vio; y más de una hora estuvo plantado ante el escaparate, contemplando tan seductora belleza.

IV

Nuestro personaje se hallaba en ese estado particular de exaltación y desvarío en que aparecen los héroes de las novelas amatorias. *Su cerebro hervía; en su corazón se enroscaban culebras mordedoras; su pensamiento era un volcán; deseaba la muerte; aborrecía la vida; hablaba sin cesar consigo mismo; miraba a la Luna; se remontaba al quinto cielo,* etc.

¡Cuántas veces le sorprendió la noche en melancólico éxtasis delante del cristal, olvidado de todo, hasta de su propio comercio y modo de vivir! Mas no era por cierto muy desairada la situación del buen Migajas, quiero decir, que era hasta cierto punto correspondido en su loca pasión. ¿Quién puede medir la intensidad amorosa de un corazón de estopa o serrín? El mundo está lleno de misterios. La ciencia es vana y jamás llegará a lo íntimo de las cosas. ¡Oh, Dios! ¿será posible algún día demarcar fijamente la esfera de lo inanimado? ¿Lo inanimado, dónde empieza? Atrás los pedantes que, deteniéndose delante de una piedra o de un corcho, le dicen: «Tú no tienes alma.» Solo Dios sabe cuáles son las verdaderas dimensiones de ese Limbo invisible donde yace todo lo que no ama.

Bien seguro estaba Pacorrito de haber hecho tilín a la dama. Esta le miraba, y sin moverse ni pestañear ni abrir la boca, decíale mil cosas deleitables, ya dulces como la esperanza, ya tristes como el presentimiento de sucesos infaustos. Con esto se encendía más y más en el corazón del amigo Migajas la llama que le devoraba, y su atrevida mente concebía dramáticos planes de seducción, rapto y aun de matrimonio.

Una noche, el amartelado galán acudió puntual a la cita. La señora estaba sentada al piano, las manos suspendidas sobre las teclas, y el divino rostro vuelto hacia la calle. El granuja y ella se miraron. ¡Ay! ¡Cuánto idealismo, cuánta pasión en aquella mirada! Los suspiros sucedieron a los suspiros, y las ternezas a las ternezas, hasta que un suceso imprevisto cortó el hilo de tan dulce comunicación, truncando de un golpe la felicidad de los amantes. Fue como esas súbitas catástrofes que hieren mortalmente los corazones, originando suicidios, tragedias y otros lamentables casos.

Una mano penetró en el escaparate, por la parte de la tienda, y cogiendo a la señora por la cintura, se la llevó dentro. Al asombro de Migajas sucedió una pena tan viva, que deseó morirse en aquel mismo instante. ¡Ver desaparecer al objeto amado, cual si se lo tragara la insaciable tumba, y no poder detener aquella existencia que se escapa, y no poder seguirla aunque fuera al mismo infierno! ¡Desgracia superior a las fuerzas de un mortal! Migajas estuvo a punto de caer al suelo; pensó en el suicidio; invocó a Dios y al diablo...

—¡La han vendido! —murmuró sordamente.

Y se arrancó los cabellos, y se arañó el rostro; y en las pataletas de su desesperación, se le cayeron al suelo los fósforos, los periódicos y los billetes de Lotería. ¡Intereses del mundo, no valéis lo que un suspiro!

V

Repuesto al cabo de su violenta emoción, el rapaz miró hacia el interior de la tienda, y vio a unas niñas y a dos o tres personas mayores hablando con el alemán. Una de las chicas sostenía en sus brazos a la dama de los pensamientos de Migajas. Hubiérase lanzado éste con ímpetu salvaje dentro del local; pero se detuvo, temeroso de que, viendo su facha estrambótica, le adjudicaran una paliza o le entregasen a una pareja.

Fijo en la puerta, consideraba los horrores de la trata de blancos, de aquella nefanda institución tirolesa, en la cual unos cuantos duros deciden la suerte de honradas criaturas, entregándolas a la destructora ferocidad de niños mal criados. ¡Ay! ¡Cuán miserable le parecía a Pacorrito la naturaleza humana!

Los que habían comprado a la señora salieron de la tienda y entraron en un coche de lujo. ¡Cómo reían los tunantes! Hasta el más pequeño, que era el más mimoso, se permitía tirar de los brazos a la desgraciada muñeca, a pesar de tener él para su exclusivo goce variedad de juguetillos propios de su edad. Las personas mayores también parecían muy satisfechas de la adquisición.

Mientras el lacayo recibía órdenes, Pacorrito, que era hombre de resoluciones heroicas y audaces, concibió la idea de colgarse a la zaga del coche.

Así lo hizo, con la agilidad cuadrumana que emplean los granujas cuando quieren pasear en carruaje de un cabo a otro de la villa.

Alargando el hocico hacia la derecha, veía asomar por la portezuela uno de los brazos de la dama sacrificada al vil metal. Aquel brazo rígido y aquel puño de rosa hablaban enérgico lenguaje a la imaginación de Migajas, que en medio del estrépito de las ruedas oía estas palabras: —¡Sálvame, Pacorrito mío, sálvame!

VI

En el pórtico de la casa grande, donde se detuvo el coche, cesaron las ilusiones del granuja, porque un criado le dijo que si manchaba el piso con sus pies enlodados, le rompería el espinazo. Ante esta abrumadora razón, Migajas se retiró, lleno el corazón de un ardiente anhelo de venganza.

Su fogoso temperamento le impulsaba a seguir adelante, arrojándose en brazos de la fortuna, y en las tinieblas de lo imprevisto. Su alma se adaptaba a las ruidosas y dramáticas aventuras. ¿Qué hizo el muy pillo? Pues concertarse con los que iban a recoger la basura a la casa donde estaba en esclavitud su adorada, y por tal medio, que podrá no ser poético, pero que revela agudeza de ingenio, y un corazón como la copa de un pino, Migajas se introdujo en el palacio.

¡Cómo le palpitaba el corazón cuando subía y penetraba en la cocina! La idea de estar cerca de *ella* le confundía de tal suerte, que más de una vez se le cayó la espuerta de la mano, derramándose en la escalera. Pero de ningún modo podía saciar la ardiente sed de sus ojos, que anhelaban ver a la hermosa dama. Sintió lejanos chillidos de niños juguetones; pero nada más. La gran señora por ninguna parte aparecía.

Los criados de la casa, viéndole tan pequeño y tan feo, le hacían mil burlas; más uno de ello, que era algo compasivo, le daba golosinas. Una mañana muy fría, el cocinero, ya fuese por lástima, ya por maldad, le dio a beber de un vino áspero y picón como demonios. El granuja sintió dulcísimo calor en todo el cuerpo, y un vapor ardiente que a la cabeza le subía. Sus piernas flaqueaban; sus brazos desmayados caían con abandono voluptuoso. Del pecho le brotaba una risa juguetona, que iba afluyendo de su boca, cual arroyo sin fin, y Pacorrito reía y se agarraba con ambas manos a la pared para no caer.

Un puntapié vigoroso, aplicado en semejante parte, modificó un tanto la risa, y puesta la mano en la parte dolorida, Pacorrito salió de la cocina. Su cabeza seguía trastornada. Él no sabía a dónde le conducían sus pasos. Corrió tambaleándose y riendo de nuevo; pisó fríos ladrillos, y después suave entarimado, y luego tibias alfombras.

De repente sus ojos se detuvieron en un objeto que en el suelo yacía. ¡Cielos!... Migajas exhaló un rugido de dolor, y cayó de rodillas.

Allí, tendida como un cadáver, los vestidos rasgados y en desorden, partida la frente alabastrina, roto uno de los brazos, desgreñado el pelo, estaba la señora de sus pensamientos ¡Lastimoso cuadro que partía el corazón!

Nuestro héroe, durante un rato, no pudo articular palabra. La voz se ahogaba en su garganta. Estrechó contra su corazón aquél frío cuerpo inanimado, cubriéndolo de besos ardientes. La señora tenía abiertos los ojos, y miraba con melancólica dulzura a su fiel adorador. A pesar de sus horribles heridas y del lastimoso estado de su cuerpo, la noble dama vivía. Pacorrito lo conoció en la luz singular de sus quietos ojos azules, que despedían llamaradas de amor y gratitud.

—Señora, ¿quién os trajo a tan triste estado? —exclamó en tono patético, angustioso.

Pero pronto al dolor agudísimo sucedió la ira, y Pacorrito pensó tomar venganza de aquel descomunal agravio.

Como en el mismo instante sintiera pasos, cargó en sus brazos a la gentil dama, echando a correr con ella fuera de la casa. Bajó la escalera, atravesó el patio, salió a la calle con tanta velocidad. Su carrera era como la del pájaro que, al robar su grano, oye el tiro del cazador, y sintiéndose ileso, quiere poner entre su persona y la escopeta toda la distancia posible.

Corrió por una, dos, tres, diez calles, hasta que creyéndose bastante lejos, descansó, poniendo sobre sus rodillas el precioso objeto de su insensato amor.

VII

Vino la noche, y Pacorrito vio con placer las dulces sombras que envolvían el atrevido rapto, protegiendo sus honestos amores. Examinando atentamente las heridas del descalabrado cuerpo de su adorada, observó que no eran de gravedad, aunque por los agujeros del cráneo se le verían los sesos, si los tuviera, y toda la estopa del corazón se salía a borbotones por diferentes heridas. El traje estaba hecho jirones, y parte de la cabellera se había quedado en el camino durante la veloz corrida. Inundósele el alma de pena al considerar que carecía de fondos para hacer frente a situación tan apurada. Con el abandono de su comercio se le habían vaciado los bolsillos, y una mujer amada, mayormente si no está bien de salud, es fuente inagotable de gastos. Migajas se tentó aquella parte de su andrajosa ropa donde solía tener la calderilla, y no halló ni tampoco un triste ochavo.

—Ahora —pensó— ahora necesitaré casa, cama, la mar de médicos y cirujanos, modista, mucha comida, un buen fuego ... y nada tengo.

Pero como estaba tan fatigado, recostó la cabeza sobre el cuerpo de su ídolo, y se durmió como un ángel.

Entonces, ¡oh prodigio! la señora se fue reanimando, y levantándose al fin, mostró a Pacorrito su risueño semblante, su noble frente sin ninguna herida, su cuerpo esbelto sin la más leve rotura, su vestido completo y limpio, su cabellera rizosa y perfumada, su sombrero coquetón, que adornaban diminutas flores; en suma, se mostró perfecta y acabadamente hermosa, tal como la conoció el muchacho en la vitrina.

¡Ay! Migajas se quedó deslumbrado, atónito, suspenso, sin habla. Púsose de rodillas y adoró a la señora como a una divinidad. Entonces ella tomó la mano al granuja, y con voz entera, más dulce que el canto de los ruiseñores, le dijo:

—Pacorrito, sígueme, ven conmigo. Quiero demostrarte mi agradecimiento y el sublime amor que has sabido inspirarme. Has sido constante, leal, generoso y heroico, porque me has salvado del poder de aquellos vándalos que me martirizaban. Mereces mi corazón y mi mano. Ven, sígueme y no seas bobo, ni te creas inferior a mí porque estás vestido de pingos.

Observó Migajas la deslumbradora apostura de la dama, el lujo con que vestía, y lleno de pena exclamó:

—Señora, ¿a dónde he de ir yo con esta facha?

La hermosa dama no contestó, y tirando de la mano a Pacorrito, le llevó por misteriosa región de sombras.

VIII

El granuja vio al cabo una gran sala iluminada y llena de preciosidades, cuya forma no pudo precisar bien en el primer momento. Al poco rato, comenzó a percibir con claridad mil figurillas diversas, como las que poblaban la tienda donde había conocido a su adorada. Lo que más llamó su atención fue ver que salieron a recibirles, luciendo sus flamantes vestidos, todas las damas que acompañaban en el escaparate a la gran señora.

La cual contestó con una grave y ceremoniosa cortesía a los saludos de todas ellas. Parecía ser de superior condición, algo como princesa, reina o emperatriz. Su gesto soberano y su gallardo continente, sin altanería, revelaban dominio sobre las demás. Al instante presentó a Pacorrito. Este se quedó todo turbado y más rojo que una amapola cuando la Princesa, tomándole de la mano, dijo:

—Presento a ustedes al señor don Pacorro de las Migajas, que viene a honrarnos esta noche.

Al pobre chico se le cayeron las alas del corazón cuando observó el desmedido lujo que allí reinaba, comparándolo con su pobreza, sus pies desnudos, sus calzones sujetos con un tirante y su chaqueta cortada por los codos.

«Ya adivino lo que piensas —manifestó la Princesa con disimulo—. Tu traje no es el más conveniente para una fiesta como la de esta noche. En rigor, de verdad, no estás presentable.

—Señora, mi pícaro sastre —murmuró Pacorrito, creyendo que una mentirilla pondría a salvo su decoro—, no me ha acabado la condenada ropa.

—Aquí te vestiremos —indicó la noble dama.

Los lacayos de aquella extraña mansión eran monos pequeños y graciosísimos. De pajes hacían unos loros diminutos, de esos que llaman *Pericos*, y varias pajaritas de papel. Estas no se apartaban un momento de la señora.

La servidumbre se ocupó al punto de arreglar un poco la desgraciada figura del buen Migajas. Con unas fosforeras doradas y muy monas en forma de zapatos, le calzaron al momento. Por gorguera le pusieron medio farolillo de papel encarnado, y de una jardinera de mimbres hiciéronle una especie de sombrerete pastoril, con graciosas flores adornado. Al cuello le colgaron, a modo de condecoraciones, la chapa de un kepis elegantísimo, una fosforera redonda que parecía reloj y el tapón de cristal de un frasquito de esencias. Las pajaritas tuvieron la buena ocurrencia de ponerle en la cintura, a guisa de espada o daga, una lujosa plegadera de marfil. Con éstas y otras invenciones para ocultar sus haraposos vestidos, el vendedor de periódicos quedó tan guapo que no parecía el mismo. Mucho se vanaglorió de su persona cuando le pusieron ante el espejo de un estuche de costura para que se mirase. Estaba el chico deslumbrador.

IX

Enseguida principió el baile. Varios canarios cantaban en sus jaulas valses y habaneras, y las cajas de música tocaban solas, así como los clarinetes y cornetines, que se movían a sí mismos sus llaves con gran destreza. Los violines también se las componían de un modo extraño para pulsarse a sí propios sus cuerdas, y las trompetas se soplaban unas a otras. La música era un poco discordante; pero Migajas, en la exaltación de su espíritu, la hallaba encantadora.

No es necesario decir que la Princesa bailó con nuestro héroe. Las otras damas tenían por pareja a militares de alta graduación, o a soberanos que habían dejado sus caballos a la puerta. Entre aquellas figuras interesantísimas se veía a Bismarck, al Emperador do Alemania, a Napoleón y a otros grandes hombres. Migajas no cabía en su pellejo de puro orgulloso.

Pintar las emociones de su alma cuando se lanzaba a las vertiginosas curvas del vals con su amada en brazos, fuera imposible. La dulce respiración de la Princesa y sus cabellos de oro acariciaban blandamente la cara de Pacorrito, haciéndole cosquillas y causándole cierta embriaguez. La mirada amorosa de la gentil dama o un suave quejido de cansancio acababan de enloquecerle.

En lo mejor del baile, los monos anunciaron que la cena estaba servida, y al punto se desconcertó el cotarro. Ya nadie pensó más que en comer, y al bueno de Migajas se le alegraron los espíritus, porque, sin perjuicio de la espiritualidad de su amor, tenía un hambre de mil demonios.

X

El comedor era precioso, y la mesa magnífica; las vajillas y toda la loza de lo mejor que se ha fabricado para muñecas, y multitud de ramilletes esparcían su fragancia y mostraban sus colores en pequeños búcaros, en hueveras, y algunos en dedales.

Pacorrito ocupó el asiento a la derecha de la Princesa. Empezaron a comer. Servían los pericos y las pajaritas tan bien y con tanta precisión como los soldados que maniobran en una parada a la orden de su General. Los platos eran exquisitos, y todos crudos o fiambres. Si la comida no disgustó a Migajas al comenzar, pronto empezó a producirle cierto empacho, aun antes de haber tragado como un buitre. Componían el festín pedacitos de mazapán, pavos más chicos que pájaros y que se engullían de un solo bocado, filetes y besugos como almendras, un rico principio de cañamones y un pastel de alpiste *a la canaria*, albóndigas de miga de pan a la *perdigona*, fricasé de ojos de faisán en salsa de moras silvestres, ensalada de musgo, dulces riquísimos y frutas de todas clases, que los pericos habían cosechado en un tapiz donde estaban bordadas, siendo los melones como uvas y las uvas como lentejas.

Durante la comida, todos charlaban por los codos, excepto Pacorrito, que por ser muy corto de genio no desplegaba sus labios. La presencia de aquellos personajes de uniforme y entorchados le tenían perplejo, y se asombraba mucho de ver tan charlatanes y retozones a los que en el escaparate estaban tiesos y mudos cual si fuesen de barro.

Principalmente el llamado Bismarck no paraba. Decía mil chirigotas, daba manotadas sobre la mesa, y arrojaba a la Princesa bolitas de pan. Movía sus brazos como atolondrado, cual si los goznes de éstos tuviesen un hilo, y oculta mano tirase de él por debajo de la mesa.

«¡Cómo me estoy divirtiendo! —decía el Canciller—. Querida Princesa, cuando uno se pasa la vida adornando una chimenea, entre un reloj, una figura de bronce y un tiesto de begonia, estas fiestas le rejuvenecen y le dan alegría para todo el año.

—¡Ay! dichosos mil veces —dijo la señora con melancólico acento— los que no tienen otro oficio que adornar chimeneas y entredoses. Esos se aburren, pero no padecen como nosotras, que vivimos en continuo martirio, destinadas a servir de juguete a los hombres chicos. No podré pintar a usted, señor de Bismarck, lo que se sufre cuando uno nos tira del brazo derecho, otro del izquierdo; cuando éste nos rompe la cabeza y aquél nos descuartiza, o nos pone de remojo, o nos abre en canal para ver lo que tenemos dentro del cuerpo.

—Ya lo supongo —contestó el Canciller abriendo los brazos; cerrándolos repetidas veces.

—¡Oh, desgraciados, desgraciados! —exclamaron en coro los Emperadores, Espartero y demás personajes.

—Y menos desgraciada yo —añadió la dama—, que encontré un protector y amigo en el valeroso y constante Migajas, que supo librarme del bárbaro suplicio.»

Pacorro se puso colorado hasta la raíz del pelo.

«Valeroso y constante —repitieron a una las muñecas todas, en tono de admiración.

—Por eso —continuó la Princesa— esta noche, en que nuestro Genio Creador nos permite reunirnos para celebrar el primer día del año, he querido obsequiarle, trayéndole conmigo, y dándole mi mano de esposa, en señal de alianza y reconciliación entre el linaje muñequil y los niños juiciosos y compasivos.

XI

Cuando esto decía, el señor de Bismarck miraba a Pacorrito con expresión de burla tan picante y maligna, que nuestro insigne héroe se llenó de coraje. En el mismo instante, el tuno del Canciller disparó una bolita de pan con tanta puntería, que por poco deja ciego a Migajas. Pero éste, como era tan prudente y el prototipo de la circunspección, calló y disimuló.

La Princesa le dirigía miradas de amor y gratitud.

«¡Cómo me estoy divirtiendo! —repitió Bismarck dando palmadas con sus manos de madera—. Mientras llega la hora de volver junto al reloj y de oír su incesante tic-tac, divirtámonos, embriaguémonos, seamos felices. Si el caballero Pacorrito quisiera pregonar *La Correspondencia*, nos reiríamos un rato.

—El señor de Migajas —dijo la Princesa mirándole con benevolencia— no ha venido aquí a divertirnos. Eso no quita que le oigamos con gusto pregonar *La Correspondencia* y los fósforos si quiere hacerlo.»

Hallaba el granuja esta proposición tan contraria a su dignidad y decoro, que se llenó de aflicción y no supo qué contestar a su adorada.

«¡Qué baile! —gritó el Canciller con desparpajo—, que baile encima de la mesa. Y si no lo quiere hacer, pido que se le quiten los adornos que se le han puesto, dejándole cubierto de andrajos y descalzo, como cuando entró aquí.»

Migajas sintió que afluía toda su sangre al corazón. Su cólera impetuosa no le permitió pronunciar una sola sílaba.

«No seáis cruel, mi querido Príncipe —dijo la señora sonriendo—. Por lo demás, yo espero quitarle al buen Migajas esos humos que está echando.»

Una carcajada general acogió estas palabras, y allí era de ver todas las muñecas, y los más celebres generales y emperadores del mundo, dándose simultáneamente cachiporrazos en la cabeza como las figuras de Guiñol.

«¡Qué baile! ¡Que pregone *La Correspondencia*» —clamaron todos.

Migajas se sintió desfallecer. Era en él tan poderoso el sentimiento de la dignidad, que antes muriera que pasar por la degradación que se le proponía. Iba a contestar, cuando el maligno Canciller tomó una paja larga y fina, sacada al parecer de una costilla de labores, y mojando la punta en saliva se la metió por una oreja a Pacorrito con tanta presteza, que éste no se enteró de la grosera familiaridad hasta que hubo experimentado la sacudida nerviosa que tales chanzas ocasionan.

Ciego de furor, echó mano al cinto y blandió la plegadera. Las damas prorrumpieron en gritos, y la Princesa se desmayó. Pero no aplacado con esto el fiero Migajas, sino, por el contrario más rabioso, arremetió contra los insolentes, y, empezó a repartir estacazos a diestra y siniestra, rompiendo cabezas que era un primor. Oíanse alaridos, ternos, amenazas. Hasta los pericos graznaban, y las pajaritas movían sus colas de papel en señal de pánico.

Un momento después, nadie se burlaba del bravo Migajas. El Canciller andaba recogiendo del suelo sus dos brazos y sus dos piernas (caso raro que no puede explicarse), y todos los emperadores se habían quedado sin

159

nariz. Poco a poco, con saliva y cierta destreza ingénita, se iban curando todos los desperfectos; que esta ventaja tiene la cirugía muñequil. La Princesa, repuesta de su desmayo con las esencias que en un casco de avellana le trajeron sus pajes, llamó aparte al granuja, y llevándole a su camarín reservado, le habló a solas de esta manera:

XII

«Ínclito Migajas, lo que acabas de hacer, lejos le amenguar el amor que puse en ti, lo aumenta, porque me has probado tu valor indómito, triunfando con facilidad de toda esa caterva de muñecos bufones, la peor casta de seres que conozco. Movida por los dulces afectos que me impulsan hacia ti, te propongo ahora solemnemente que seas mi esposo, sin pérdida de tiempo.»

Pacorrito cayó de rodillas.

«Cuando nos casemos —continuó la señora— no habrá uno solo de esos emperadorcillos y cancilleretes que no te acate y reverencie como a mí misma, porque has de saber que yo soy la Reina de todos los que en aquesta parte del mundo existen, y mis títulos no son usurpados, sino transmitidos por la divina Ley muñequil que estableciera el Supremo Genio que nos creó y nos gobierna.

—Señora, señora mía —dijo, o quiso decir Migajas— mi dicha es tanta que no puedo expresarla.

—Pues bien —manifestó la señora con majestad— puesto que quieres ser mi esposo, y por consiguiente, Príncipe y señor de estos monigotiles reinos, debo advertirte que para ello es necesario que renuncies a tu personalidad humana.

—No comprendo lo que quiere decir Vuestra Alteza.

—Tú perteneces al linaje humano, yo no. Siendo distintas nuestras naturalezas, no podemos unirnos. Es preciso que tú cambies la tuya por la mía, lo cual puedes hacer fácilmente con solo quererlo. Respóndeme, pues. Pacorrito Migajas, hijo del hombre, ¿quieres ser muñeco?

La singularidad de esta pregunta tuvo en suspenso al granuja durante breve rato.

«¿Y qué es eso de ser muñeco? —preguntó al fin.

—Ser como yo. La naturaleza nuestra es quizás más perfecta que la humana. Nosotros carecemos de vida, aparentemente; pero la tenemos grande en
nosotros mismos. Para los imperfectos sentidos de los hombres, carecemos
de movimiento, de afectos y de palabra; pero no es así. Ya ves cómo nos mo-
vemos, cómo sentimos y cómo hablamos. Nuestro destino no es, en verdad,
muy lisonjero por ahora, porque servimos para entretener a los niños de tu
linaje, y aun a los hombres del mismo; pero, en cambio de esta desventaja,
somos eternos.

—¡Eternos!

—Sí, nosotros vivimos eternamente. Si nos rompen esos crueles chiquillos, renacemos de nuestra destrucción y tornamos a vivir, describiendo sin
cesar un tenebroso círculo desde la tienda a las manos de los niños, y de
las manos de los niños a la fábrica tirolesa, y de la fábrica a la tienda, por los
siglos de los siglos.

—¡Por los siglos de los siglos! —repitió Migajas absorto.

—Pasamos malísimos ratos, eso sí —añadió la señora—; pero en cambio
no conocemos el morir, y nuestro Genio Creador nos permite reunirnos en
ciertas festividades para celebrar las glorias de la estirpe, tal como lo hacemos esta noche. No podemos evadir ninguna de las leyes de nuestra naturaleza; no nos es dado pasar al reino humano, a pesar de que a los hombres
se les permite venir al nuestro, convirtiéndose en monigotes netos.

—¡Cosa más particular! —exclamó Migajas lleno de asombro.

—Ya sabes todo lo necesario para la iniciación muñequillesca. Nuestros
dogmas son muy sencillos. Ahora medítalo y responde a mi pregunta: ¿quieres ser muñeco?

La Princesa tenía unos desplantes de sacerdotisa antigua, que cautivaron
más a Pacorrito.

«Quiero ser muñeco», afirmó el granuja con aplomo.

Y al punto la Princesa trazó unos endiablados signos en el espacio, pronunciando palabrotas que Pacorro no sabia si eran latín, chino o caldeo,
pero que de seguro serían tirolés. Después la dama dio un estrecho abrazo
al bravo Migajas, y le dijo:

«Ahora ya eres mi esposo. Yo tengo poder para casar, así como lo tengo para recibir neófitos en nuestra gran Ley. Amado Principillo mío, bendito seas por los siglos de los siglos.»

Toda la corte de figurillas entró de repente, cantando con música de canarios y ruiseñores: «Por los siglos de los siglos.»

XIII

Discurrieron por los salones en parejas. Migajas daba el brazo a su consorte.

«¡Es lástima –dijo ésta– que nuestras horas de placer sean tan breves! Pronto tendremos que volver a nuestros puestos.»

El Serenísimo Migajas experimentaba, desde el instante de su transformación, sensaciones peregrinas. La más extraña era haber perdido por completo el sentido del paladar y la noción del alimento. Todo lo que había comido era para él como si su estómago fuese una cesta o una caja, y hubiera encerrado en ella mil manjares de cartón que ni se digerían, ni alimentaban, ni tenían peso, substancia ni gusto.

Además, no se sentía dueño de sus movimientos, y tenía que andar con cierto compás difícil. Notaba en su cuerpo una gran dureza, como si todo él fuese hueso, madera o barro. Al tentarse, su persona sonaba a porcelana. Hasta la ropa era dura, y nada diferente del cuerpo.

Cuando, solo ya con su mujercita, la estrechó entre sus brazos, no experimentó sensación alguna de placer divino ni humano, sino el choque áspero de dos cuerpos duros y fríos. Besóla en las mejillas, y las encontró heladas. En vano su espíritu, sediento de goces, llamaba con furor a la naturaleza. La naturaleza en él era cosa de cacharrería. Sintió palpitar su corazón como una máquina de reloj Sus pensamientos subsistían, pero todo lo restante era insensible materia.

La Princesa se mostraba muy complacida.

«¿Qué tienes, amor mío? –preguntó a Pacorrito viendo su expresión de desconsuelo.

–Me aburro soberanamente, chica –dijo el galán, adquiriendo confianza.

–Ya te irás acostumbrando. ¡Oh deliciosos instantes! Si durárais mucho, no podríamos vivir.

—¡A esto llama delicioso tu Alteza! —exclamó Migajas—. ¡Dios mío, qué frialdad, qué dureza, qué vacío, qué rigidez!

—Tienes aún los resabios humanos, y el vicio de los estragados sentidos del hombre. Pacorrito, modera tus arrebatos o trastornarás con tu mal ejemplo a todo el muñequismo viviente.

—¡Vida, vida, sangre, calor, pellejo! —gritó Migajas con desesperación, agitándose como un insensato—. ¿Qué es esto que pasa en mí?»

La Princesa le estrechó en sus brazos, y besándole con sus rojos labios de cera, exclamó:

«Eres mío, mío por los siglos de los siglos.»

En aquel instante oyóse gran bulla y muchas voces que decían: «¡La hora, la hora!»

Doce campanadas saludaron la entrada del Año Nuevo. Todo desapareció de súbito a los ojos de Pacorrito: Princesa, palacio, muñecos, emperadores, y se quedó solo.

XIV

Se quedó solo y en oscuridad profunda.

Quiso gritar y no tenía voz. Quiso moverse y carecía de movimiento. Era piedra.

Lleno de congoja esperó. Vino por fin el día, y entonces Pacorrito se vio en su antigua forma; pero todo de un color, y al parecer de una misma materia: cara, brazos, ropa, cabello y hasta los periódicos que en la mano tenía.

»Ya no me queda duda —exclamó llorando por dentro—. Soy mismamente como un ladrillo.

Vio que frente a él había un gran cristal con algunas letras del revés. A un lado multitud de figurillas y objetos de capricho le acompañaban.

«¡Estoy en el escaparate!... ¡Horror!»

Un mozo le tomó cuidadosamente en la mano, y después de limpiarle el polvo volvió a ponerle en su sitio.

Su Alteza Serenísima vio que en el pedestal donde estaba colocado, había una tarjeta con esta cifra: 240 *reales*.

«Dios mío, es un tesoro lo que valgo. Esto al menos le consuela a uno.»

Y la gente se detenía por la parte de afuera del cristal, para ver la graciosa escultura de barro amarillo representando un vendedor de periódicos y cerillas. Todos alababan la destreza del artista, todos se reían observando la chusca fisonomía y la chabacana figura del gran Migajas, mientras éste, en lo íntimo de su insensible barro, no cesaba de exclamar con angustia:

«Muñeco, muñeco, por los siglos de los siglos!»

Enero de 1879.

Junio

I. En el jardín[2]

Mayo se enojará, lo sé; pero rindiendo culto a la verdad, es preciso decír-selo en sus barbas. Sí: el imperio de las flores en nuestro clima, no le corresponde.

¡Tunante! ¿Qué dirán de él en la otra vida las almas de aquellas pobrecitas a quienes dejó morir de frío después de abrasarlas con importunos calores? En cambio, Junio, si alguna vez las calienta con demasiado celo (porque es algo brusco, llanote y toma muy a pecho sus obligaciones), también las orea delicadamente con abanico, no con el atronador fuelle de los vientos sep-tentrionales; se desvive por tenerlas en templada atmósfera, las abriga y las refresca, todo con esmerado pulso y medida; dales savia fecunda, primorosa luz, sustento benéfico, frescas y transparentes aguas. Hay que ver cómo derrocha este capitalista sus tesoros, calor, luz, frescura y aire, humedad y lumbre. Se parecería a muchos ricos de la tierra si no empleara toda su fortuna en hacer bien.

Aquí están sus obras.

Ved los pensamientos, con sus caritas amarillas y sus caperuzas de ter-ciopelo. Miran a un lado y a otro, mecidos por el delicioso aliento de la mañana, y tiemblan de gozo contemplándose tan guapos, tan saludables, tan vividores. Los ojuelos negros de estos enanos, que, a semejanza de los ángeles menores, no tienen sino cabeza y alas, nos miran con picaresca malicia, y hasta parece que se ríen, los muy pillos, cuando el viento les hace dar cabezadas unos contra otros, agitándolos en toda la extensión de su inmensa falange. Los hay pálidos y linfáticos; los hay sanguíneos y mofle-tudos; unos se calan el gorrito hasta las cejas; otros lo echan hacia atrás; éstos parecen calvos; de aquéllos se diría que gastan barbas, y todos están más alegres que unas pascuas, y en su charlar ignoto exclaman sin duda: «Compañeros, a vivir se ha dicho. ¡Buena panzada de aire, de luz y de agua nos estamos dando!»

---

2   Escribióse este artículo para la serie descriptiva de los doce meses del año, publicada por la *Ilustración Española y Americana* en su *Almanaque* de 1877.

Más juiciosas son esas chiquillas que llaman minutisas, pues si las han puesto en compañía de tales granujas, saben ellas formar grupos encantadores, ramilletes que parecen corrillos, y jugando a la rueda sin admitir a ningún intruso, se entienden solas. Estas lindas estrellas de la tierra, que esmaltan los jardines con su púrpura risueña, son parientas lejanas del orgulloso clavel. ¡Nadie lo diría, porque son tan modestas...!

Allí está. ¡Qué noblemente pliega el aromático turbante blanco y rojo de mil rizos! Salud al califa espléndido, magnífico, soberano. La embriagadora poesía que de él brota incita al sibaritismo, a las ardientes pasiones. ¡Ah calaverón!... Este vicioso es tan popular, que hasta los pobres más pobres lo crían, aunque sea en una olla rota. Parece que hace soñar, como el opio, felicidades imposibles. Su fuerte aroma sensual es como una visión.

No son así las rosas, que aparecen en este mes en primoroso estado de madurez. Las de Mayo eran niñas, éstas son damas, y en sus abiertas hojas ahuecadas, blandas, puras, tenues, hay no sé qué magistral arte del mundo. Si Dios les concediera un soplo más de vida, uno no más, hablarían seguramente; pero más vale que estén mudas. Una gracia infinita, una delicadeza incomparable, una hermosura ideal, hacen de esta flor la sonrisa de la Naturaleza. Cuando las rosas mueren, el mundo se pone serio.

Allá lejos, encaramado sobre la tapia o al arrimo de la antigua pared, buscando la soledad, buscando la altura, esperando con ansia la sosegada noche, está el galán, el poeta sentimental, el romántico jazmín, en una palabra. Pálido y pequeño, toda su vida es alma. Le tocan, y cae del tallo. Vive del sentimiento, ama la noche, y si los aromas fueran música, el jazmín sería el ruiseñor.

Fijemos la vista en las gallardas peonías. No se necesitan ciertamente anteojos para verlas, según son de abultadas y presumidas. No merecen mis simpatías estas enfáticas señoras que todo lo gastan en trapos; y si está fuera de duda que son bellas, ello es que antes admiran que enamoran, y su hermosura más tiene de aparente que de real. Nada, nada; aquí hay algo postizo: estas señoras se pintan.

Grande y vistosa es también aquélla. Saludemos a la magnolia, princesa india que ha venido de viaje y se ha quedado en nuestro clima. No está bien de salud la señora; pero ¡qué aristocrática, qué regia es esta amazona! No se contenta con ser fragante y deliciosa flor, sino que quiere ser árbol, es decir, hombre. Ved cómo cabalga en la alta rama, y atrevida mira cara a cara al olmo corpulento, al castaño de mil flores y al quijotesco eucaliptus.

Por el suelo rastrea muchedumbre de pajes y espoliques, alelíes, espuelas de caballero, gentezuela menuda que vive de la adulación, a la sombra de los grandes señores, y el bíblico lirio, vestido siempre de Nazareno. La madreselva, arisca y melancólica por la nostalgia que la perturba, busca el campo de donde contra su voluntad la han traído; mira ansiosa a todos lados para orientarse; se va arrastrando por los troncos, por las barandillas, por las escalinatas, hasta que logra tocar con su crispada mano la cerca; sube; va trepando, trepando, y se asoma para ver horizontes y el libre espacio y hacerse la ilusión de que es libre. Esta flor, como muchas personas, no tiene más que manos, y son blancas, finas, aromáticas; pero aunque contrae sus finos dedos, cual si fuera a coger alguna cosa, jamás coge nada.

¡Paso al pueblo! La inmensa república de geranios todo lo llena. Parece que no hay tierra bastante para estos gorros colorados que se reproducen con facilidad maravillosa, y crecen como la plebe, duran como la ignorancia, y resisten fríos y soles como la pobreza. Para que nada falte, hasta los cactus, caterva de repugnantes bufones, se engalanan con gorritos de vistosas plumas; otros se ponen gregüescos amarillos, y algunos se encargan vestidos completos de Mefistófeles, como estudiantes en Carnaval, y tienen el descaro de vestir con ellos sus ventrudos cuerpos. Otros, flacos y verrugosos, siguen con las manos en los bolsillos, riéndose de todo y agitando el bastón con borlas de escarlata. Pero a nadie hacen gracia estas caricaturas vegetales, flores que parecen lagartos, sapos que parecen plantas, y viven aislados, sin sociedad, visitados tan solo de las abejas, que a menudo vienen a decirles un secreto al oído.

Si las violetas no hubiesen exhalado su último aroma en Mayo; si los jacintos no estuvieran ya en el limbo de sus jóvenes cebolletas; si las dalias, por el contrario, no durmiesen aún en el vientre de sus batatas; si las petunias no se hallaran en estado de lactancia, y las campanillas dando los primeros pasos; si las francesillas no hubiesen bajado también al frío sepulcro de sus arañuelas, y las extrañas no estuvieran aún cortando sus múltiples gasas de bailarina para presentarse en el Otoño, el panorama floreal de Junio sería completo.

II. En el campo

Un monstruo, un gigante, un figurón, que parece hombre y no es más que espantajo, bracea y gesticula en medio del campo. Es el funcionario inamovible encargado de advertir a los gorriones que el trigo no se ha sembrado para ellos. ¡Ah! los gorriones, lo más canalla de la creación, la casta de pillos y rateros más desvergonzados que hay sobre la tierra. Cuando hicieron sus nidos, se metían en las casas para robar, de los costureros de las señoras, hilachas y trapos, de que luego, con la mayor destreza, hacían sábanas, almohadas y edredones para sus hijuelos. Ahora, estos graciosos bandidos andan por esos mundos ejerciendo su depravada rapacidad en los trigos y en las hortalizas. Todo se lo comen, todo lo pican, todo lo han de catar, como si fuese preciso que dieran su opinión sobre cuanto Dios cría en esta época. Si al menos fueran como las amapolas, que aunque se meten en todas partes, no toman nada ...¡qué hermosos están los trigos! Llovió tan a tiempo, que la espiga ha salido robusta y cuajada de corpulentos granos. Ya se está poniendo rubio, y como continúe el tiempo seco y tibio (pues la lluvia, por San Juan, quita vino y no da pan) pronto se le podrá meter la hoz.

El labrador no le quita los ojos sino para mirar al cielo. Este es el mes crítico, el mes de las esperanzas, el resumen del año, la cifra adicional de esta larga cuenta de gastos y beneficios que doce meses dura. El labrador está contento, y espera pagar la contribución, los intereses del préstamo que le hizo el judío de la localidad; comprar aperos nuevos, remendar la casa, regalarse por San Juan, y aun guardar en el bolso tal cual pieza de a cinco duros para lo que pueda sobrevenir.

Escarda los trigos y los garbanzos, las lechugas, las habas; aporca las patatas, y todas las siembras de primavera. Pasa revista a los árboles frutales, a ver cómo van cuajando. Las cerezas abundan. En cuanto a los perales, todavía no se sabe a punto fijo lo que darán; pero esta noble familia, que es sumamente cortés y atenta, manda en este mes, como regalo extraordinario, unas peritas sabrosas, que aceptamos con júbilo. San Juan las trae, las apadrina y les da su nombre. El mismo santo, al venir con su puntualidad acostumbrada, ha traído en el morral excelentes brevas, y es tan fino y liberal, que dice que para el año que viene traerá lo mismo.

El labrador azufra las viñas, y después las aporca y arrodriga, dándoles unos bastoncitos para que se apoyen y estiren sus entumecidos brazos. Luego se ocupa en sembrar al aire libre zanahorias, perifollos, escarolas diversas, coles de Milán rizadas, brécoles, malpicas, perejil y otras muchas clases que constituyen la jerarquía ensaladesca, y entre las cuales hay excelentes personas que nos acompañan a la mesa y se dejan comer.

También atiende a una faena tan interesante como útil. Llama a las ovejas y les dice: «Con el calor que se ha entrado, señoras, para nada necesitáis esos gabanes de invierno.» ¡Es admirable el equipo de la muchedumbre pecuaria! Carnero hay que ostenta un carrik con el cual se envanecerían muchos hombres; otros llevan luengo capote ruso de blanquísima y espesa lana. «Venga todo eso, y al fresco, caballeritos —añade el ganadero— que vuestro próvido sastre os vestirá gratis el año que viene, mientras yo tengo que arreglarme con vuestra ropa de desecho.» Suenan las tijeras y empieza la operación de descortar gabanes, paletós y bufandas. Hasta las ovejas más enseñoradas se quedan sin sus manteletas, y los corderillos pierden sus chaquetitas de astracán.

En el corral aparece un día la gallina, muy satisfecha. Allá, como Dios le da a entender, con sus cacareos sonoros, le dice al amo que ya tiene *veinte criados más que le sirvan*. Y es buena casta de chicuelos: no será preciso ponerles ama de cría, que ya saben ellos buscarse la vida. Con el cuerpecillo cubierto de pelos y algo de cascarón adherido aún a semejante parte, corren alrededor de su madre, asombrados de todo: del cielo, de la luz, del aire, dándose el parabién por haber sabido escapar de aquel lóbrego huevo donde los tenían encerrados contra toda justicia y razón. Los patitos ven un charco, sienten bullir en su mente el genio de Colón, y zás ... al agua. Cuando regresan, la gallina les echa una reprimenda por su osadía; pero son tan mal criados, que al poco rato vuelven a hacer lo mismo.

Los pavos grandecitos se ponen las corbatas rojas y la monterilla, y se van al campo en manadas, sin juntarse con nadie más que con los de la familia, porque estos fatuos son muy linajudos, y andan a compás, gravemente, pronunciando palabrotas huecas y aun echando unos discursazos, como los de ciertos oradores, llenos de apóstrofes y epifonemas, pero sin pizca de sentido.

Allá en el monte, entre las negras encinas y los tomillos, una escena lamentable ocurre. Millares de señoras enfurecidas zumban y pican, defendiendo el fruto de su maravillosa industria. Son las más diestras y más pulcras fabricantes de mermeladas, almíbares y caramelos que hay en la creación, y es por demás lastimoso que de la riquísima confitería con tanto afán y labor tan prolija formada en largos días, venga a incautarse un zafio ganapán, que con sus manos lavadas (o sucias) se apropia el delicioso néctar. Y no trate de disculparse el desvergonzado gorrón diciendo que con la miel va a hacer medicinas, y con la cera velas para los santos ...«Aquí no se admiten subterfugios. Atrás, pillo, ladrón, descamisado, demagogo. Pero todo es inútil. Se lleva, se lleva nuestra cosecha, nuestro bienestar, nuestra riqueza. Pobres hermanas arruinadas, ¿qué haremos para recobrar la perdida colmena?» Empezar otra.

Más allá... Pero no: ya no se oye aquel persistente chasquido de hojas magulladas; ya no percibimos el rumor de los voraces dientes. ¡Silencio!... Industriales de la tierra, fabricantes, obreros, tejedores, artífices, todo el mundo de rodillas. El gusano de seda ha empezado su capullo.

III. En la cocina

Como los prados están tan apetitosos para los ganados, la carne de este mes es la mejor del año. La vaca y el carnero hacen honor a su alto renombre.

Todavía hay fresa abundante, y las cerezas entran enredadas unas en otras, porque no les gusta ir solas; que bien se conoce su cortedad de genio en el vivo rubor que enciende sus mejillas. Las uvas y melones no vienen aún; pero Toledo nos manda sabrosos albaricoques.

Los guisantes, los rabanitos y las alcachofas se presentan en la plaza todos los días, acompañados de algún espárrago tardío, que pide mil perdones por no haber venido antes.

Los pollos nuevos, que hasta ahora no servían más que para guisados, entran, y con mucha urbanidad nos piden que los asemos con setas. Galantemente recomiendan, previa presentación, a sus primos los patitos y a sus parientes las palomas silvestres.

Un caballero, un prócer, un lord, aparece, sombrero en mano, suplicando que lo metan de una vez en la cazuela, sin olvidarse de advertir que aquélla ha de ser grande. Es talludo y obeso; viste impermeable blanco, y su rosada piel indica que tenemos en casa a un caballero inglés. Es el señor de Salmón. ¡Adelante!

Tras él aparecen, pidiendo fuego y aceite y aromáticas especias, los primeros lenguados, y traen afectuosos recaditos de las ostras, que no pueden venir mientras los meses carezcan de *r*, y también asoman algunos rodaballos y menudos pajeles.

¿Quién más llega? La señora anguila, que viene en embajada de parte del agua dulce ...¡Adelante!

IV. En la religión

Por más prisa que se da el pobrecito, no puede llegar hasta el día 13. Viene jadeante, fatigado, los desnudos pies llenos de sangre por los picotazos de las zarzas. En el camino ha estado predicando a las aves y a los peces, y por eso no ha podido venir más pronto. Además, trae gran pesadumbre sobre sus manos, que sustentan un libro, y sobre el libro un divino Niño, que es el Redentor del mundo. Trae también una vara de azucenas.

Su humilde hábito franciscano está lleno de remiendos, señal inequívoca de pobreza. Es su semblante juvenil, pálido, ardoroso, calenturiento, porque la devoción le inflama, y sublime, místico amor le espiritualiza.

Tiénele preocupado y melancólico el sinnúmero de matrimonios que le piden y que no puede dar, así como el mal éxito de los que concedió generosamente el año pasado. Prepárase a recibir cantidad mediana de solicitudes pidiendo novios y no pocas demandas de buenas novias. ¡Ay! él es tan bueno que está dispuesto a darlas, y las daría si las hubiera.

¡Salve, santo de la juventud, de la inocencia, de los tiernos amores, de las esperanzas risueñas! ¡Salve, adorno preciosísimo de los ciclos celestiales, joven sublime, gran soldado de Cristo, apóstol de la humanidad, amor del pobre, huésped cariñoso de las moradas modestas! ¡Salve, encarnación de la fe sencilla, de las creencias puras a que debieron paz y consuelo las edades todas! Al poner tu descalzo pie en el rústico altar del pobre, parece que las lóbregas estancias se llenan de celeste luz. Rosadas nubes te circundan, y de tus azucenas se desprenden finísimos aromas que embelesan el alma, dándole a conocer el puro ambiente que en la mansión de los justos se respira.

Recibe las piadosas ofrendas del pobre; acepta el fulgor de esas luces de aceite, que palidecen entre los torrentes de claridad divina que traes contigo, y presta oídos a los ruegos, a las recomendaciones y solicitudes hechas con limpio corazón.

En algunos pueblos son tan impíos, tan ingratos los labradores (esto lo he visto), que cuando San Antonio no accede al suministro de novios, le vuelven de espaldas en el altar, poniéndole con la cara hacia la pared, y sé que una doncella desesperada le metió en el pozo atándole una cuerda al cuello; pero estas excepciones irreverentes y sacrílegas no merman en general la devoción y popularidad del santo paduano, ideal figura del catolicismo, y uno de los seres más perfectos y menos imitados, mientras anduvo en carne mortal por la tierra.

Tras él viene otro no menos grande. Se ha detenido administrando el primer Sacramento; pero ya está ahí: solo que no gusta de entrar hasta el día 24, y ni un solo año ha faltado a la costumbre. Recíbele, como a San Antonio, la hueste frescachona de albahacas, unas plantas humildes, olorosas, con olor de huerto más que de jardín, y muy frescas y diminutas. Las hay como avellanas, en tiestecitos del tamaño de almendras.

Acompáñanle ciertos heraldos que se llaman las rosquillas de la tía Javiera, y a su paso, el suelo está empedrado de buñuelos. Blanquecinas hojas del árbol del Paraíso embalsaman la atmósfera en torno suyo. Todas las flores de la estación salen a relucir sus lindas personas en graciosos grupos que se llaman ramos. Matas diversas adornan las casas, y los altares parece que reverdecen y se cubren de vegetación. En las calles, en los campos, en el cerro, en la cabaña, en el monte, no se encuentra un medio bastante expresivo para declarar la alegría que inunda el mundo, y en vez de poner flores, encienden hogueras. Rosas y llamas saludan al enviado de Dios.

Inefable contento llena los pueblos; lo que no es extraño, porque todo el mundo se llama Juan. La madrugada del 24 es la más poética de las 365 que hay en el año. No amanece, no, como en los demás días. Hay playas donde aparecen fantásticas ciudades. El Sol no se presenta sobre el horizonte con la circunspección que parece inherente a sujeto de tanto peso y calidad, no. Su Majestad entra bailando, haciendo graciosas cabriolas y volteretas, cual si hubiera perdido el juicio o empinado el codo. En las puertas de todas las casas, pucheros, palanganas, barreños llenos de agua reflejan las locuras del Rey de los astros, y los dibujos que la juguetona luz hace en el líquido espejo son representaciones más o menos claras del destino individual.

El rocío de esta madrugada tiene una misión tan singular como interesante: sirve para conservar la belleza, y hasta las feas se lavan en él, seguras de hermosear durante el año. Una clara de huevo puesta en vaso de agua la noche anterior toma las más extrañas formas, y es jeroglífico cuyos signos hablan, cuyas figuras emblemáticas anuncian las contingencias de la vida. Si la caprichosa albúmina fabrica un ataúd, la muerte está cerca.

El santo ha perdido mucho tiempo la noche anterior recorriendo a la calladita las casas para dejar juguetes en los zapatos de los chicos; después ha puesto ramos en las ventanas de las mozas; y como éstas son tantas y no es prudente desenojar a ninguna de ellas, el primo de Jesús llega un poco tarde a la iglesia. Verdad es que tenemos misa mayor, la cual no exige extraordinario madrugar. ¡Qué solemnidad, qué alegría, qué exaltado entusiasmo respira la iglesia! El sermón versa sobre la infancia de Jesús, asunto que no puede ser más bonito; y oyendo las palabras del cura, parece que es el santo quien habla, porque alza el dedo y su boca entreabierta expresa muy al vivo la emisión de la palabra.

Como el año ha sido bueno, la procesión no deja nada que desear en punto a brincos, cohetes, vivas, cantares, piporrazos, aleluyas, flores, ramos, tortas, plegarias. Por la tarde, algunas cabezas dan en el suelo o se estrellan contra la esquina. Es el alcohol que sube al pulpito.

De noche, sobre el negro cielo, surgen las más hermosas especies de una flora rutilante, tallos de fuego que se elevan rápidamente, y allá arriba echan de improviso cantidad de flores, de luz, que duran un momento y se deshojan cayendo en chispas: son los cohetes. Flores gigantescas dan vueltas, como las imágenes luminosas del sueño calenturiento; y torres fabricadas con arena de estrellas destácanse imponentes, hasta que un soplo las destruye, cual si fueran ilusiones, y todo queda más oscuro que antes. Una ráfaga luminosa flota en el negro espacio, última chispa de la pólvora moribunda, que sonríe al espirar. Es una cinta que pasa veloz: el gallardete de la cruz del santo. San Juan se marcha.

Los días pasan alegremente, y el 29 aparecen dos grandes llaves; tras de las llaves, una mano que las empuña; tras de la mano, un brazo; después una hermosa cabeza calva, un cuerpo robusto, un hombre con humilde saya y los pies desnudos. Es el Príncipe de los Apóstoles, el primero de todos los santos, el Pescador, Pedro, la piedra, el cimiento, la cabeza de la Iglesia. Mucho hay que decir de él, muchísimo; pero el mismo santo nos lo estorba, porque frunce el ceño, adelanta un paso, empuña la llave, da vuelta... ¡icharrás! y nos cierra este capítulo.

V. En las escuelas

Suspenso. Suspenso. Suspenso. Suspenso.

Los campos se llenan de amapolas, el aire de mariposas, de flores el jardín y la Universidad de calabazas.

Muchos rapaces, sin embargo, se inflan al recibir la nota de *sobresaliente*, en señal de que han salido del aula hechos unos pozos de ciencia, y así se lo creen los papás. La estación da bachilleres en artes con más abundancia que trigo, y es un contento ver tanto sabio como sale a las anchas esferas del mundo. Por todas partes, matemáticos jugando al trompo, químicos que saltan en la comba, y filósofos que cabalgan en un palo.

Los abogadillos en ciernes inundan los pueblos, y al verles, los autos agitan alegres sus macilentas hojas. Los mediquillos de veintiún años salen a tomar el pulso a la vida, con gran regocijo de la muerte. ¡Oh! mes prolífico entre todos los meses; mes de los frutos, de las flores, de las colmenas, de los mosquitos, de los exámenes; principal delegado del Criador, porque todo lo crías, hasta los licenciados, falange infinita de donde sale el bullidor enjambre de los políticos, semillero de pretendientes, de empleados, cesantes y agitadores.

VI. En la Historia

Pero también nos trajiste cosecha de grandes hombres. El día 3 nos diste al Marqués de la Concordia (1743); el 5 al economista Adam Smith (1723); el 6 creaste al gran Corneille, Príncipe de los trágicos franceses (1606), y bautizaste a Velázquez, rey de nuestros pintores (1599); el día 8 no te pareció bien dar uno solo, y nos echaste dos: el ingeniero inglés Stephenson (1781), y el orador español Olózaga (1805). El 10 vinieron un marino francés, Duguay-Trouin (1673), y el predicador Flechier (1632). El 11, entre la opulencia de la primavera andaluza, llena de luz, flores, aires tibios, arroyos murmuradores y poesía, Córdoba sonrió, y le diste a Góngora (1561). El 12 aumentaste con Arjona (1771) el número de los poetas menores. El 13 concediste a Young, melancólico cantor de las *Noches* (1773). Pero estos dones te parecían mezquinos, y el 15 dijiste con orgullo: «allá va eso,» y nació en Holanda Rembrandt (1606). Para que los españoles no nos enojáramos, nos regalaste el 17 a Espoz y Mina (1781). Los ingleses, que no querían ser menos, recibieron el 18 a Castelreagh (1769). Pero tú querías halagar a Francia en aquella semana, y en un solo día, el 19, le diste a su primer prosista, Pascal (1623), y a Lamennais (1782), y el 20 a Leconte (1812) y el 21 a RoyerCollard (1763) y el 22 a Delille (1758). ¡Ay! Comprendiste que a Alemania no le habías dado nada, y el mismo día 22 la obsequiaste con Guillermo Humboldt (1767). Mehul (1763) y Malborough (1650) fueron regalitos del día 24; Carlos XII (1682) del 27.

Reservabas, sin embargo, tus mejores dones para los últimos días, y el 28 dijiste a la humanidad: «Ahí tienes a Rousseau» (1712). En un solo día, el 29, ¡fecundidad asombrosa! hiciste tres obras maestras, que se llamaron: Rubens (1577), Leopardi (1798) y Bastiat (1801). El mundo insaciable pedía más, y el 30 le otorgaste un Emperador, Pedro el Grande (1672), y un artista, Horacio Vernet (1789).

Problema: dada tu fecundidad para producir grandes hombres, ¡oh Junio! si hubieras tenido treinta y un días, ¿a quién nos hubieras dado en el último? Ese hombre que no ha nacido, ¿quién es? o mejor, ¿quién sería?

Pero también has matado gente. El 1.° te llevaste a Berthier; el 2 a don Alvaro de Luna; el 4 a Laura, la novia de Petrarca; el 5 a Egmongt y Horn; el 8 a Jorge Sand; el 10 a Camôens; el 11 a Bacon; el 12 a Xavier de Maistre;

el 14 a Kleber; el 17 a don Fermín Caballero; el 21 a Moratín; el 24 a Zumalacárregui; el 25 a Monseñor D'Affre; el 26 a Pizarro; el 27 al Marqués del Duero, y el 28 a Guillén de Castro. Has segado, hermanito, has segado bastante. Esto prueba que tienes días tristes. Muchos cayeron en ellos. En cuanto a mi, deseo que me dejes para tu 31.

Madrid, 1876.

Libros a la carta

A la carta es un servicio especializado para
empresas,
librerías,
bibliotecas,
editoriales
y centros de enseñanza;
y permite confeccionar libros que, por su formato y concepción, sirven a los propósitos más específicos de estas instituciones.

Las empresas nos encargan ediciones personalizadas para marketing editorial o para regalos institucionales. Y los interesados solicitan, a título personal, ediciones antiguas, o no disponibles en el mercado; y las acompañan con notas y comentarios críticos.

Las ediciones tienen como apoyo un libro de estilo con todo tipo de referencias sobre los criterios de tratamiento tipográfico aplicados a nuestros libros que puede ser consultado en Linkgua-ediciones.com.

Linkgua edita por encargo diferentes versiones de una misma obra con distintos tratamientos ortotipográficos (actualizaciones de carácter divulgativo de un clásico, o versiones estrictamente fieles a la edición original de referencia).

Este servicio de ediciones a la carta le permitirá, si usted se dedica a la enseñanza, tener una forma de hacer pública su interpretación de un texto y, sobre una versión digitalizada «base», usted podrá introducir interpretaciones del texto fuente. Es un tópico que los profesores denuncien en clase los desmanes de una edición, o vayan comentando errores de interpretación de un texto y esta es una solución útil a esa necesidad del mundo académico.

Asimismo publicamos de manera sistemática, en un mismo catálogo, tesis doctorales y actas de congresos académicos, que son distribuidas a través de nuestra Web.

El servicio de «libros a la carta» funciona de dos formas.

1. Tenemos un fondo de libros digitalizados que usted puede personalizar en tiradas de al menos cinco ejemplares. Estas personalizaciones pueden ser de todo tipo: añadir notas de clase para uso de un grupo de estudiantes,

introducir logos corporativos para uso con fines de marketing empresarial, etc. etc.

2. Buscamos libros descatalogados de otras editoriales y los reeditamos en tiradas cortas a petición de un cliente.